Hugo Wormsbecher

Unser Hof

(Novelle)

2019
Dortmund

© **Hugo Wormsbecher.** Unser Hof
© Layoutdesign. Artem Scheller Medienagentur

Herausgeber: Ausbildungs- und Forschungszentrum ETHNOS e.V.

Bezugsadresse: AFZ ETHNOS e.V., Bermesdickerstr. 9, 44357 Dortmund
Tel.: +49 231/3173020
E-Mail: afz.ethnos@gmail.com

Lektorat: Tatiana Friesen
Zeichnungen: Swetlana Hinz
Herstellung und Verlag: BoD - Books on Demand, Norderstedt

Bibliografische Information der Deutschen Nationalbibliothek: Die Deutsche Nationalbibliothek verzeichnet diese Publikation in der Deutschen Nationalbibliografie; detaillierte bibliografische Daten sind im Internet über http://dnb.d-nb.de abrufbar.

ISBN 978-3-74943-043-7

Hugo Wormsbecher

„Durch den Kriegsbeginn, die Auflösung der Autonomen Republik der Wolgadeutschen, die Aussiedlung der Deutschen aus der Ukraine, von der Krim, aus dem Wolgagebiet, dem Kaukasus, aus Moskau und Leningrad nach Sibirien und Kasachstan unterbrach die Entwicklung der sowjetdeutschen Literatur für mehrere Jahre. Die Kriegszeit, die Jahre des Arbeitsdienstes, als die gesamte erwachsene deutsche Bevölkerung — Männer wie Frauen — in Lagern hinter Stacheldraht war, wo Tausende und aber Tausende ums Leben kamen, waren nicht nur Jahre, da nichts erscheinen konnte. Es waren Jahre tiefen Schweigens...“
Hugo Wormsbecher. Mit dem Volk durch alle Härten gegangen
(Notizen über die sowjetdeutsche Literatur);
‚Heimatliche Weiten‘, № 1/1989.

„Die Erzählung ‚Unser Hof‘ wurde lange vor der Perestroika-Zeit geschrieben, die Veröffentlichung wurde allerdings 15 Jahre lang verboten. Aber auch nach der Veröffentlichung in ‚Heimatliche Weiten‘ blieb sie noch lange unter Aufsicht.“
Nina Paulsen, Dr. Walther Friesen. Hugo Wormsbechers ‚Unser Hof‘
erstmals auf der Theaterbühne; ‚Volk auf dem Weg‘ Nr. 1/2018.

„Laut genauen Angaben, die die Militärbehörden er-
halten haben, befinden sich unter der in den Wolgarayons
wohnenden deutschen Bevölkerung Tausende und aber
Tausende Diversanten und Spione, die nach dem aus
Deutschland gegebenen Signal Explosionen in den von
den Wolgadeutschen besiedelten Rayons hervorrufen
sollen…

…dem Staatlichen Komitee für Landesverteidigung
wurde vorgeschlagen, die Übersiedlung der gesamten
Wolgadeutschen unverzüglich auszuführen…"

(Aus dem Erlass des Präsidiums des Obersten Sowjets der UdSSR
vom 28. August 1941)

1. Vatis Fußtapfen

Es hat schon längst aufgehört zu regnen, und ich möchte so gerne auf die Straße gehen. Heinzchen ist gewiss
schon draußen. Auch Karluscha ist bestimmt dort. Und Elsa.
Mir ist es in der Stube langweilig, aber hinausgehen ist wohl
nicht schön, denn die anderen möchten es ja gewiss auch,
tun es aber nicht. Das alles ist wegen Vati. Vater sitzt am
Tisch, hat die Hände auf den Tisch gelegt und schaut auf sie
nieder. So sitzt er schon lange da. Mutti sitzt ihm gegenüber
und schaut ebenfalls auf Vatis Hände. Arno sitzt am Ofen
mit der Seite zum Tisch, hält den Kopf gesenkt und tut, als

schaue er auf den Fußboden. Aber ich sehe ja, daß er verstohlen auf Vati schaut. Wirft einen Blick auf ihn und schlägt wieder die Augen nieder. Nur seine Wirbelhaare stehen zu Berge. Na, und Maria pflegt wie immer ihre Lappenpuppe mit den violetten Augen, die sie ihr selbst mit einem Tintenstift gezeichnet hat, als wir noch zu Hause wohnten.

Ich sehe alles ganz gut, denn mein Klötzchen habe ich ans Fenster gerollt, bin hinaufgeklettert und schaue mal auf die Straße, mal in die Stube. Jeder von uns hat sein eigenes Klötzchen. Diese hat uns Großväterchen Semjonytsch, der neben uns wohnt, von einem Baumstamm abgesägt. Mein Klötzchen ist das kleinste. Es ist schon ganz glatt, weil ich darauf immer hin und her rutsche und meine letzte Hose durchscheuere...

Ich schaue aus dem Fenster. Draußen lugt schon an einer Stelle die Sonne hervor.

„Die Sonne ist 'rausgekommen", sage ich.

„Sei doch still, Fritzchen", sagt Mutti.

Ich seufze. Mutti sagt nie etwas umsonst, also muss ich schweigen. Und in der Stube sitzen.

Mein Vati fährt heute fort, weit weg von hier, in irgendein Dorf. Auch Heinzchens Vati fährt dorthin, und Karluschas Vati und Elsas Vati. Bei allen Kindern, die ich kenne, fahren die Vatis heute in dieses ferne Dorf. Nur Ottos Vati fährt nicht – er ist an der Front. Und auch bei allen russischen Kindern sind die Vatis an der Front.

Unsere Vatis fahren arbeiten. Dort gibt es wahrscheinlich viel, viel Arbeit, wenn so viele Vatis fahren. Eigentlich gibt es in unserem Dorf auch recht viel Arbeit, denn wenn wir am Morgen erwachen, ist Vati immer schon weg, und kommen tut er erst, wenn Mutti das Fenster mit dem Schemel verdeckt, damit man von draußen nicht sieht, wie wir zu Abend essen.

Auch gibt es wohl im Dorf, wohin mein Vati fährt, viele, viele Kinder, denn mein Vati ist Lehrer, und er hat gesagt: „Dort wird man alle brauchen...“ Also wird man dort auch einen Lehrer brauchen, und Vati wird dort die Kinder lehren.

Elsas Vati ist auch Lehrer. Nur ist er nicht ein solcher Lehrer wie mein Vati. Meiner ist Russischlehrer, und er kann im Dorf mit allen sprechen, sogar mit dem hinkenden Kolchosvorsitzenden, der in einem zweirädrigen Pferdewagen herumfährt.

Auch wir können russisch sprechen, denn als wir noch zu Hause wohnten, da sprachen wir einen Tag deutsch und den anderen russisch. Hier aber machen wir es anders. Hier sprechen wir mit Mutti deutsch, mit Vati aber russisch. Und mit den Nachbarn sprechen wir auch russisch, denn deutsch verstehen sie nicht. Doch Großväterchen Semjonytsch lacht nur immer, wenn ich mit ihm russisch spreche. Er äfft mir sogar nach wie ein kleines Kind. Ich nehme es ihm aber nicht übel. Nämlich fange ich dann an, mit ihm deutsch zu sprechen, und dann versteht er gar nichts mehr. Da kann schon ich lachen. Auch er fühlt sich nicht gekränkt. Er sagt dazu bloß:

„Na, gut, Fedjka, ich werde dich nicht mehr necken. Komm, kannst mich auch ein bisschen am Bart zupfen.“

Ich zupfe gern Großväterchen Semjonytsch am Bart. Der ist lang, und immer finde ich was drin: mal ein Grashälmchen, mal einen Zwirnfaden, und einmal habe ich mich sogar gestochen – im Bart steckte ein kleines Spänchen. Nur habe ich es nicht gern, wenn er mich Fedjka nennt. Ich sage ihm dann, daß ich Fritzchen heiße, wie mein Vati, und wenn ich groß werde, so sage ich ihm, werde ich wie mein Vati Friedrich Karlowitsch heißen. Doch Großväterchen Semjonytsch lacht darüber auch wieder.

Auf der Straße schreit jemand. Ich schaue durchs Fenster.

„Die Fuhren kommen", springe ich vom Klötzchen.

Vati erhebt sich. Auch Mutti steht auf. Sie sagt zu mir:

„Schnell, Fritzchen, zieh die Schuhe an."

Mutti treibt mich zur Eile. Sie hilft mir sogar. Jemand pocht an die Tür. Karluschas Vati tritt in die Stube.

„Guten Tag", sagt er. „Lehrer, man wartet auf Sie."

Alle Erwachsenen sagen zu Vati Lehrer und reden ihn mit Sie an. Die Jungen aber, die mit Arno in die Schule gingen, sagen zu Vati Friedrich Karlowitsch. Auch alle Russen nennen ihn Friedrich Karlowitsch. Als ich Mutti fragte, warum die Erwachsenen zu Vati Lehrer sagen, antwortete sie, daß man sich zu Hause früher immer so an Lehrer wandte, deswegen sagt man auch jetzt so. Wann früher? Als ich noch nicht auf der Welt war, sagt Mutti. Aber wann war ich noch nicht auf der Welt? Das kann mir Mutti nicht erklären, sie weiß es wohl selber nicht.

Vati zieht seinen langen Mantel an, mit dem Mutti Arno und mich nachts zudeckt, nimmt die Mütze und das Bündel und geht zur Tür. Er lässt den Blick noch einmal durch die Stube gehen, wahrscheinlich, um nichts zu vergessen, schaut dann auf uns und sagt:

„Na, gehn wir."

Auf der Straße ist es matschig. Auf dem Weg stehen einige Fuhren. Auf ihnen sitzen Onkels. Sie schauen uns an. Sie warten auf meinen Vati.

Rings um die Fuhren stehen Tanten und Kinder. Auch sie schauen auf uns.

Mein Vati geht den Pfad neben unserem Haus entlang. Der Pfad ist mit sauberem Sand bestreut. Das hatte Vati gemacht, damit unsere Schuhe nicht immer schmutzig werden. Der Sand auf dem Pfad ist nass.

An der Hausecke tritt Vati vom Steig auf die weiche feuchte Erde. Er lässt Karluschas Vati, der zu den Fuhren geht, voran.

Vati will nicht, daß wir weiter mitkommen. Er dreht sich zu Arno um und reicht ihm die Hand. Auch Arno reicht die Hand: Arno ist schon groß, er trägt bereits das rote Pionierhalstuch.

„Na, Sohn, auf Wiedersehen", sagt Vati. „Denke stets daran, worüber wir gesprochen haben. Du bist jetzt der einzige Mann im Haus."

„Ich werde es schon machen", sagt Arno mit gesenktem Kopf.

Vati schließt Arno in die Arme. Nein, er drückt nur Arnos Kopf an seinen Mantel, an die Stelle über der Tasche. Denn wenn Arno auch schon groß ist, so ist er doch noch klein, Vati aber ist der größte von allen Onkeln im Dorf. Vati steht ganz stramm, nur den Kopf hat er ein bisschen nach vorn geneigt. Er streicht über Arnos borstige Haare, legt ihm dann die Hand auf die Schulter.

„Lebe wohl", sagt er noch einmal. „Ich verlasse mich auf dich."

Arno blickt zu Boden und nickt. Er entfernt sich von Vati. In seinen Augen stehen Tränen. Er wendet sein Gesicht von mir ab, aber dennoch habe ich es gesehen, und am Abend werde ich ihn necken: schäme dich, so ein großer Junge, und weinst!

Und auch Maria. Kaum zu Vati getreten, heult sie schon los. Schämt sich auch kein kleines bisschen, obwohl sie schon bald in die Schule gehen wird. Na, wartet nur!..

Vati küsst sie mitten auf die nasse Wange.

Jetzt wendet er sich zu mir. Mutti schubst mich auf ihn zu. Ich gehe gerade in seine ausgestreckten Hände. Vati hebt mich hoch, so hoch, daß sein Gesicht dicht vor dem meinen ist.

„Drück mich mal, mein Söhnchen", sagt Vati leise.

Ich drücke Vati gern. Ich umklammere seinen Hals und ziehe ihn aus allen Kräften an mich. Vatis Kinn ist ein bisschen stachlig, mir gefällt das. Ich lass nicht los und warte, bis Vati sagt: „Au, au, lass mich los, sonst ersticke ich!"

Vati sagt aber diesmal nichts. Habe ich ihn etwa erstickt?

Ich lasse ihn los und schaue, ob er noch am Leben ist. Zwei Tränen rollen an seinen Wangen hinab. Das sind wahrscheinlich Mariechens Tränen. Zuerst sind sie groß, doch je weiter sie gleiten, desto kleiner werden sie. Das ist, weil sie auf den Wangen glänzende Streifen hinterlassen. Als diese Streifen schon fast den Mund erreichen, fließen die Tränen rasch auseinander: Vati hat um den Mund zwei tiefe Furchen, und aus diesen können die Tränen nicht heraus.

Ich streiche mit dem Finger eine Furche flach. Eine Träne hängt sich an meinen Finger. Ich führe den Finger hinunter, und auch die Träne gleitet weiter, wie ein Tropfen an der Fensterscheibe, wenn es draußen kalt ist und drinnen warm.

Vati küsst mich auf beide Wangen. Ich habe es nicht gern, wenn man mich küßt: Ich bin doch kein Mädchen, ich will doch ein roter Kommandeur werden wie mein Opa. Ich wische die Wangen mit der Handfläche ab und sage:

„Vati, bring mir bitte ein Kamelchen mit. So ein silbernes, welches man an den Tannenbaum hängt."

Vati antwortet aber nicht darauf. Er drückt mich nur so fest an sich, daß ich fast aufstöhne. Hat er mich vielleicht nicht gehört?

„Vati, ein Kamelchen, so eins, wie Mariechen verloren hat."

„Gut, mein Söhnchen, gut", sagt Vati wieder ganz leise.

Er sagt es so, wie es unsere Oma immer sagte, wenn sie wollte, daß ich sie in Ruhe lasse. Von einem silbernen Kamelchen spricht man aber nicht so.

„So eins, mit zwei Bückelchen", zeige ich mit den gebeugten Handflächen.

Vati lässt mich auf den Boden nieder.

Jetzt geht Mutti zu ihm. Na so was, auch sie weint! Freilich, nicht sehr laut, aber wenn man das auf der Straße hört, wird man sich doch schämen müssen. Sie presst ihr Gesicht an Vatis Brust, umarmt ihn und streichelt seinen Mantel am Rücken. Ist es ihr um den Mantel schade, weil es jetzt nichts mehr geben wird, um Arno und mich nachts zuzudecken?

„Es ist Zeit", sagt Vati und rückt behutsam von Mutti ab. „Mach dir keine Sorgen. Alles wird gut gehen. Wir werden schon beweisen, daß das nicht so ist", sagt er. „Das müssen wir. Um jeden Preis. Und sei es auch nur ihretwegen." Vati weist durch eine Kopfbewegung auf uns drei. Er schaut uns alle noch einmal an. „Es ist Zeit. Auf Wiedersehn."

Mit großen Schritten begibt er sich zu den Fuhren.

Dort sind schon viele Menschen. Doch aus den Höfen kommen noch und noch Tanten und Onkels hinzu. Wahrscheinlich werden sie die Fuhren bis ans Dorfende begleiten. Auch ich will mit den Fuhren bis ans Dorfende gehen. Doch Mutti lässt mich nicht. Wir bleiben neben unserem Häuschen und schauen auf die Straße.

Vati steigt auf eine der Fuhren. Die Fuhren setzen sich quietschend in Bewegung. Alle gehen hinter ihnen her. Viele weinen, wir aber winken unserem Vati nach. Doch Vati schaut nicht zu uns herüber, und bald ist er schon nicht mehr zu sehen.

Am nächsten Tag gehe ich auf die Straße. Ich ziehe die Handschuhe an, denn es ist kalt. Überall, wo gestern Pfützen waren, ist heute Eis. Das Eis ist weiß und dünn, und wenn man es mit dem Absatz tritt, bricht es. Dann stellt es sich heraus, daß darunter gar nichts mehr ist. Wo ist denn das Wasser hingekommen? Nach oben konnte es nicht, da ist das Eis. Unten aber ist die Erde hartgefroren, hart wie mein Holzklötzchen. Sogar mit einem Nagel kann ich kein Löchelchen hineinbohren. Also konnte das Wasser auch da nicht durch.

Der Weg ist holprig; so wie hier gestern Rillen eingefahren worden waren, so ist jetzt auch alles eingefroren. Man muss immerzu stolpern.

Ich gehe nach Hause. An der Hausecke neben dem Pfad bemerke ich einen großen Fußabdruck. Das ist doch Vatis Fußtapfen! Gerade hier hat Vati gestern gestanden! Der Fußtapfen ist so, als wäre Vati eben erst weggegangen. Ich stelle vorsichtig meinen Fuß in Vatis Fußtapfen und probiere, ob er auch festgefroren ist. Der Fußtapfen ist hart.

Zeichnung von Swetlana Hinz

Ich laufe nach Hause. Ich sage niemandem was über den Fußtapfen. Ich habe nur Angst, daß er auftaut.

Am Abend frage ich Mutti:

„Morgen wird es doch nicht warm werden, ja?"

„Wohl kaum, mein Kleiner", sagt Mutti. „So ein kalter Wind... Geh nur nicht unnötig auf die Straße."

Ich gehe nicht unnötig auf die Straße. Dort ist es auch wirklich immer kalt. Ich gehe nur auf die Straße, um mir Vatis Fußtapfen anzuschauen. Vatis Fußtapfen ist fest, ganz fest gefroren, und innen zieht sich am Rand entlang ein weißer Streifen. Ist er mit Kreide gezogen? Ich weiß, was Kreide ist. Kreide, das ist so ein weißes kantiges Steinchen, mit dem man in der Schule auf der Tafel schreibt. Als wir noch zu Hause wohnten, hatten wir Kreide gehabt, und Mariechen schrieb mir Buchstaben auf der Freitreppe vor. Maria kann schon Buchstaben schreiben. Vati hatte ihr das beigebracht. Er nahm sie auch manchmal in die Schule mit.

Maria hatte damals die ganze Treppe vollgeschrieben. Dann kam Mutti heraus und sagte, daß es nun genüge und daß jetzt das Brett geputzt werden müsse. Mariechen feuchtete einen Lappen an und begann, die Buchstaben von allen Brettern wegzuwischen. Ich sagte ihr, daß Mutti gesagt hatte, daß sie nur von einem Brett wegwischen müsse, nicht von allen. Aber Mariechen sagte mir, daß die ganze Treppe eine Tafel ist. Sie wischte die Buchstaben weg, doch man konnte sie sowieso ein bisschen sehen. Und sie musste die ganze Treppe waschen.

Ich berühre mit dem Finger den weißen Streifen in Vatis Fußtapfen. Unter dem Finger zeigt sich sofort schwarze Erde, und die Fingerspitze wird nass. Nein, das ist wahrscheinlich keine Kreide. Ich werde den Streifen nicht abreiben, mag er bleiben, so ist es schöner.

Draußen herrscht Frost. Vatis Fußtapfen ist es gewiss kalt. Ich zupfe unterm Scheunendach etwas Stroh heraus und bedecke den Fußtapfen. Am nächsten Morgen ist das Stroh weg. Der Wind hat es fortgetragen.

In der Scheune habe ich einen alten Lappen gesehen. Ich staube ihn aus und decke ihn auf Vatis Fußtapfen. Damit der Wind ihn nicht wegweht, lege ich Steine auf die Lappenenden. Jetzt wird es Vatis Fußtapfen warm haben.

Am Abend fragt Mutti, wer da Steine vors Fenster getragen hat. Ich sage: „ich spiele dort."

In der Nacht hat es geschneit. Schnee liegt auch auf dem Lappen. Ich nehme die Steine weg, klopfe den Schnee ab und decke alles wieder zu.

Am Abend sagt Mutti:

„Gott sei Dank, es schneit. Würde doch nur mehr Schnee fallen, damit die Erde nicht so tief friert."

„Ist's denn unterm Schnee warm?" frage ich.

„Unterm Schnee wird's der Erde warm sein", antwortet Mutti.

Ich kann nicht begreifen, wie es unterm kalten Schnee warm sein kann, doch wenn Mutti es sagt, dann wird es schon so sein. Mutti hatte auch früher schon so manches gesagt, was ich nicht verstehen konnte. Später aber, wenn ich es nachprüfte, ist es immer so gewesen, wie sie gesagt hatte.

Ich nehme den Lappen nicht mehr ab. Soll doch auf Vatis Fußtapfen viel, viel Schnee fallen, damit es ihm warm sei.

Mutti ist auf der Arbeit. Auch Arno ist auf der Arbeit: Er fährt mit dem Schlitten Zuckerrüben vom Feld. Alle Jungen im Dorf fahren Zuckerrüben vom Feld.

Die Rüben liegen auf dem Feld in großen Haufen, so groß wie unser Haus. Diese Haufen sind mit Schnee bedeckt und

wurden so zu Schneebergen. Zu diesen Bergen kommen die Hasen. Sie essen sich an den Rüben satt, klettern dann auf die Berge und rodeln herunter. Arno sieht sie jeden Tag.

Ich habe die Hasen nicht gesehen und weiß auch nicht, wie sie vom Berg rodeln, wenn sie keine Schlitten oder wenigstens einen alten Sack haben, auf den man sich setzen kann. Oder haben sie solche Bretter wie Großväterchen Semjonytsch, die an einem Ende hochgebogen sind? Diese Bretter nennt man Schier, Großväterchen Semjonytsch befestigt sie an seine Filzstiefel, wenn er in den Wald geht. Doch Arno sagt, die Hasen hätten weder Schier noch Filzstiefel.

Jeden Tag bekommt Arno für seine Arbeit zwei große Rüben. Wir backen die Rüben im Ofen. Schmecken die dann aber gut! Eine Rübe reicht für uns alle für ein Essen.

Zum Mittagessen lässt Mutti für Mariechen und mich eine halbe Rübe. Soviel auf einmal können wir nicht aufessen, doch bis zum Abend ist alles weg.

Maria und ich haben gerade zu Mittag gespeist. Sie sitzt auf dem Ofen und strickt an einer Socke. Wahrscheinlich hat sie mich schon längst überholt. Soll sie, ich habe es schon satt, dieses Stricken. Wären diese Socken für uns, dann würde ich sie auch gerne stricken. Aber Mutti wird sie sowieso irgendwohin wegbringen. Ich kann nicht mehr stricken, ich bin müde. Mir tut das Kreuz weh, so ist es. Sogar im Schlaf stricke ich und stricke, und die Maschen kriechen und kriechen über die Stricknadeln, und es sind ihrer so viele, daß sie den ganzen Schlaf hindurch kriechen. Auch im Schlaf überholt mich Maria immer, kaum aber beginne ich, mich zu beeilen, purzeln gleich alle Maschen von den Stricknadeln 'runter und lassen sich dann nicht mehr aufnehmen. Ich schreie dann und erwache.

Hm, interessant, warum Maria mir gar nichts sagt? Wahrscheinlich will sie, daß ich länger nicht stricke. Dann wird sie mit ihrer Socke zuerst fertig sein.

Nein, das Kreuz tut mir nicht weh. Ich habe bloß Spaß gemacht. Nur faule Leute sagen so. Ich bin nicht faul. Ich hätte nur gern ein bisschen gespielt, aber mit wem sollte ich denn spielen? Gut, ich schau nur noch einmal zum Fenster hinaus, und dann werde ich weiterstricken.

Ich hauche auf die Fensterscheibe, bis dort ein helles rundes Fleckchen entsteht. Ich schaue durch dieses Fleckchen. Vor dem Fenster liegt eine große, große Schneewehe. Sie bedeckt sogar ein Stück vom Fenster: Die Fensterscheiben sind am unteren Rand dunkel. Jetzt hat es Vatis Fußtapfen bestimmt warm.

Auf der Straße ist alles weiß, und die Sonne scheint hell, hell. Gut, daß der Fleck auf der Fensterscheibe klein ist und

Zeichnung von Swetlana Hinz

daß man nur mit einem Auge hineinschauen kann. Würde man mit beiden Augen zugleich schauen, könnte man wahrscheinlich blind werden.

Auf der Straße ist niemand zu sehen. Dort ist nie jemand zu sehen. Alle Kinder sitzen in ihren Stuben.

Ich schaue dorthin, wo Elsa wohnt. Dort kommt jemand die Straße entlang. Das ist Tante Dascha, die den Leuten Briefe bringt. An Elsas Haus geht sie vorbei. So ist es immer: Sie geht nur in die Häuser hinein, wo Russen wohnen. Danach gehen russische Tanten in schwarzen Kopftüchern. Verteilt Tante Dascha schwarze Kopftücher? Wahrscheinlich schicken die russischen Vatis solche von der Front nach Hause.

Es wäre schön, wenn auch mein Vati der Mutti ein schwarzes Kopftuch schicken würde. Muttis Kopftuch ist schon ganz alt.

Tante Dascha bleibt vor unserem Haus stehen. Sie öffnet ihre Tasche, schaut hinein und kommt dann stracks zu uns herüber.

„Hast wohl Mutti ein schwarzes Kopftuch gebracht?" frage ich Tante Dascha, als sie in unsere Stube tritt.

„Was für ein Kopftuch!" sagt sie. „Ich habe für euch einen Brief von Vati. Los, tanzt mal!"

Ein Brief von Vati! Hat Vati vielleicht auch ein Kamelchen geschickt? Wäre das aber fein!

Maria singt deutsche Schnörkel und tanzt, und ich hopse so hoch, wie ich nur kann.

Den Brief öffnen wir nicht. Sollen erst alle nach Hause

kommen, dann wird Mutti ihn laut vorlesen. Wir klettern wieder auf den Ofen und stricken weiter. Wir wollen die Socken beenden, bis Mutti kommt. Sie wird uns loben, und morgen wird sie die Socken in den Dorfsowjet bringen, damit der Dorfsowjet sie an die Front schickt. Dort werden unsere roten Soldaten und Kommandeure die Socken anziehen, ihren Füßen wird es warm werden, und sie können dann schneller vorwärts gehen und die Faschisten fortjagen. Dann wird der Krieg zu Ende sein, alle Vatis kommen zu ihren Kindern und alle Leute können dann wieder zu Hause leben.

Mutti kommt zusammen mit Arno. Maria möchte gerne, daß auch Mutti erst mal tanzt, doch Mutti will nicht. Sie lässt sich nur auf ihren Klotz nieder, knöpft den Mantel oben auf, streicht das Kopftuch nach hinten und bleibt so sitzen. Dafür springt Arno bis zur Decke und schreit aus vollem Halse „Hurra-a! Faschisten kaputt!" und wirft Mütze, Fausthandschuhe und Schal in die Luft. Maria und ich hüpfen und schreien mit Arno um die Wette.

Über die Schule schreibt Vati nichts. Auch darüber, welcher Art sein Dorf ist, schreibt er nicht. Er schreibt nur, daß er in der Taiga arbeitet — so heißt wahrscheinlich das Dorf. Und noch schreibt er, daß alles bei ihm in Ordnung sei und daß dort viele, viele Tannenbäume stehen, auch daß es im Winter sehr schön sei und daß Mutti sich keine Sorgen machen soll: seine Arbeit ist nicht schwer. Ich kann gar nicht behalten, als was er arbeitet. Mutti erklärt mir, daß er russisch das sagt, was die einen deutsch sagen, dann sagt er wieder deutsch, was andere russisch sagen. Ich verstehe nicht, wozu Vater unbedingt alles nicht so sagen muß, wie es die anderen sagen. Doch Mutti erklärt, daß es so sein müsse, damit die Leute einander verstehen, dann können sie besser arbeiten. Und noch sagt sie, Vati habe eine gute Arbeit.

Über das Kamelchen schreibt Vater nichts; wahrscheinlich will er es gleich mitbringen. Ich sage Mutti, sie möge ihm schreiben, daß er mir das Kamelchen auch schicken kann und es nicht unbedingt mitbringen muss. Er kann es von einem Tannenbaum nehmen – dort gibt's doch so viele Tannenbäume – und mir im Brief schicken. Doch Mutti sagt, daß das Kamelchen im Brief ganz zerknittert und zerbrochen wird. Und wirklich, der Brief von Vati ist ganz zerknüllt. Gut, soll's so sein, ich warte, bis Vati selbst kommt.

Ich möchte mir Vatis Fußtapfen anschauen. Doch wenn ich ihn vom Schnee befreie, wird er frieren. Ich schaufle lieber ein Loch in die Schneewehe, wie es die Nachbarkinder vor ihrem Haus gemacht haben.

Mit der Schippe ist es unbequem zu graben. Sie ist schwer, und der Griff ist dick. Er dreht sich immer in meinen Händen um, und der Schnee rutscht von der Schippe runter. Ich nehme die Kasserolle, in der Mutti Schnee schmelzt, wenn sie sich das Haar waschen will. Mit der Kasserolle geht es besser. Ich scharre sie voll Schnee und trage ihn zur Seite.

Da sind auch schon die Steine. Ich hole den Besen, kehre sorgfältig den Schnee vom Lappen, fege auch die Grube aus. Dann nehme ich den Lappen runter. Vatis Fußtapfen ist immer noch so, wie er war, als ich ihn zugedeckt hatte.

Jetzt schaue ich mir oft Vatis Fußtapfen an. In der Grube unterm Schnee ist es auch wirklich wärmer als draußen. Wenn ich weggehe, schließe ich den Eingang mit einer alten Blechklappe vom russischen Ofen zu und scharre Schnee darauf.

Tante Dascha geht jetzt auch in Häuser hinein, wo Deutsche wohnen. Auch ihnen hat sie schon einige schwarze Kopftücher gebracht. Uns aber bringt sie nur Briefe. Vati schreibt, daß er noch immer die gleiche Arbeit verrichte und daß Mutti sich keine Sorgen machen solle. Dann bleiben die Briefe lange, lange aus. Als aber der Schnee schon fast überall getaut und die Grube über Vaters Fußtapfen eingefallen ist, bringen Mutti und Arno von der Eisenbahnstation einen Onkel. Sie heben ihn vom Pferdewagen, in den eine Kuh eingespannt ist, und tragen ihn auf den Händen ins Haus. Sie sagen, es sei Vati. Doch es ist nicht mein Vati. Er heißt nur so, wie mein Vati: Friedrich Karlowitsch.

Friedrich Karlowitsch liegt immer nur auf dem Bett, das Mutti bei Großväterchen Semjonytsch geborgt hat. Aufstehen kann er nicht. Auch sitzen kann er nicht – Mutti schiebt ihm ein paar Kissen unter den Rücken, dann ist es, als sitze er. Sein Hals ist dünn und lang, auch die Nase ist lang, und die Augen sind groß, und schauen tut er, als wäre gar nichts vor ihm. Wo mein Vati Wangen hatte, dort ist bei

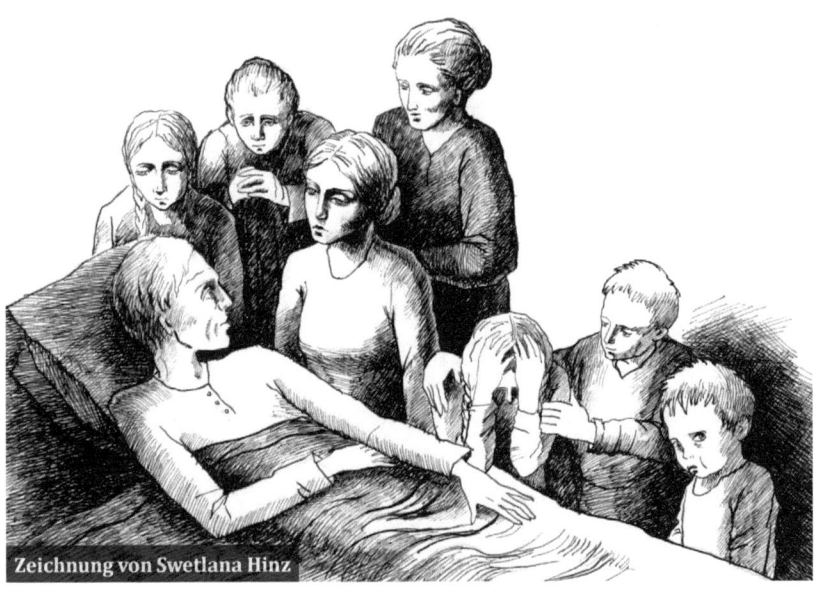

Zeichnung von Swetlana Hinz

Friedrich Karlowitsch alles tief eingefallen. Seine Oberlippe ist kurz, und er zeigt immer die Zähne. Als ich Mutti frage, warum Friedrich Karlowitsch immer die Zähne zeigt, sagt sie, daß sei, weil er mager ist. Aber ich bin doch auch mager, Mutti hat das selbst gesagt, zeige aber die Zähne nicht.

Jeden Abend kommen jetzt zu uns fremde Tanten. Sie fragen Friedrich Karlowitsch aus. Friedrich Karlowitsch kann nicht lange reden. Er sagt einige Worte und atmet dann lange mit offenem Mund. Jeden Abend erzählt er nur einer einzigen Tante von ihrem Mann. So haben es die Tanten selbst vereinbart. Doch kommen tun sie alle. Und oft weinen sie. Nur weinen sie nicht so, wie Mariechen und ich. Wir weinen mit der Stimme, mit der Nase und mit den Augen. Die Tanten aber weinen nur mit der Nase und den Augen.

Mutti weint auch mit ihnen. Sie sagt:

„Stellt euch nur mal vor, er hat die ganze Zeit Bäume gefällt. In seinen Briefen schrieb er aber..."

Friedrich Karlowitsch schaut, wenn er aufhört zu erzählen, in irgendeine weite, weite Ferne. Alle schauen auf ihn, doch er schweigt und rührt sich kaum. Nur sein linkes Auge zuckt ab und zu. Das ist, weil sich über dem Auge eine tiefe Narbe hinzieht. Die Narbe komme von einem Ast, der ihm von einem hohen Baum direkt auf den Kopf gefallen sei. So hatte er es den Tanten gesagt. Mutti aber, als sie ihn früher darüber fragte, hatte er ganz anderes gesagt. Ich habe das selbst gehört.

„Zur Parteiversammlung geführt..." sagte er damals und atmete eine Zeitlang tief. „Ich konnte schon nicht mehr... bin hingestürzt... Mit dem Kolben..."

Auch Maria nennt Friedrich Karlowitsch schon Vati. Sie hat wahrscheinlich wie auch Mutti, unseren Vati vergessen.

Einmal, als alle fort sind, trete ich an Friedrich Karlo-
witschs Bett und frage ihn:

„Sag mal, gab es viel Spielzeug auf den Tannenbäumen in
deinem Dorf Taiga?"

Er schüttelt mit dem Kopf.

„Weißt du auch nicht, wo meines Vatis Fußtapfen ist?"

Gewiss weiß er es nicht. Er wendet mir nur sein Gesicht zu, auch die Augen, die mich nicht sehen, weil sie
gleichsam ganz mit weicher grauer Asche bestreut sind,
und legt mir seine Hand auf den Kopf. Die Hand ist wie
aus Baumrinde. Ich rücke ab, und die Hand sinkt wieder
auf das Bett.

Wenn es mein Vati wär', wüsste er, wo sein Fußtapfen ist
und wie viel Spielzeug es auf den Tannenbäumen gibt in Vatis schönem Dorf Taiga.

Am Anfang fütterte Mutti Friedrich Karlowitsch mit dem
Löffel. Bald kann er schon selbst Milch aus dem Glas trinken.
Er will immer noch, doch Mutti gibt ihm jedes Mal nur ein
halbes Glas.

Großväterchen Semjonytschs Mütterchen brachte uns
in einem irdenen Milchtopf Sahne. Sie und Großväterchen
Semjonytsch haben nie zu Hause gewohnt. Sie wohnten immer hier, im Dorf, deswegen haben sie auch nicht ihre Kuh
zu Hause zurückgelassen. Ihre Kuh heißt Sorjka.

Mutti stellt den Milchtopf unter die Bank und sagt uns, es
sei nur für Vati. Die Sahne gibt sie aber selbstverständlich
Friedrich Karlowitsch. Auch von der Sahne gibt sie ihm jedes Mal nur ein halbes Glas. Er trinkt es aus, schaut dann auf
den Milchtopf und zittert am ganzen Leibe.

„Ach, Fritz, mehr darfst du doch noch nicht", sagt Mutti.
„Gedulde dich noch ein paar Tage."

Heute nacht bin ich an der Reihe, nicht neben Mutti zu lie-
gen. Heute liege ich am Rande. Rechts neben mir liegt Mariechen, dann Mutti, dann Arno. Nur Maria liegt nie am Rande:
Sie ist doch ein Mädchen und wird nimmer ein roter Kommandeur werden.

Mariechen liegt jetzt neben mir, die Knie an den Bauch gezogen, hält Muttis Arm umklammert, hat ihr Näschen unter
ihrem Arm vergraben und schnauft. Ich umfange Mariechen
und atme ihr in den Nacken. Marias Popochen ist warm, auch
selbst ist sie warm, und so ist es auch mir warm. Nur von hinten zieht es. Wahrscheinlich hat Arno von der anderen Seite
die Decke auf sich gezogen: Dort zieht es auch vom Fenster
her. Ich versuche, die Decke wieder rüber zu ziehen, doch es
gelingt nicht. Dann drehe ich mich mit dem Rücken Maria zu,
um auch den Rücken ein bisschen zu wärmen. Marias Popochen rückt sofort ab. Jetzt gibt es schon mehr Platz unter der
Decke, ich decke mich zu und rücke wieder näher an Maria
heran. Sie wälzt sich noch ein bisschen hin und her und piepst
ein wenig, doch weiter kann sie nicht mehr rücken, und sie
beruhigt sich. Mir wird es warm, und ich schlafe ein.

Im Schlaf habe ich zwei Träume. Im ersten Traum sehe
ich Vati. Dieser Traum ist aber irgendwie verworren. Wahrscheinlich deshalb, weil Vati so fern weilt.

Der Traum vom Vati hat noch nicht geendet, als bereits
der Traum von Friedrich Karlowitsch beginnt. Dieser Traum
ist hell, weil Mutti vor dem Schlafengehen den Schemel vom
Fenster genommen hat, und darum in der Stube alles zu
sehen ist.

Ich liege auf dem Fußboden neben Friedrich Karlowitschs
Bett. Friedrich Karlowitsch klettert aus dem Bett, stellt sich
auf alle viere und kriecht an mir vorbei. Mit einer Hand
stützt er sich auf mein Bein, doch mir tut es nicht weh, er

aber bemerkt es nicht einmal. Er gelangt bis zur Bank, setzt sich auf den Fußboden, nimmt den Milchtopf mit der Sahne und trinkt. Er trinkt lange, seine Hände mit dem Topf zittern, und Sahne tropft ihm aufs Hemd. Dann geht er wieder auf allen vieren zurück. Ich höre, wie er schwer atmet, sehe Schweißtropfen auf seiner Stirn. Er ist bestimmt sehr müde. Er hat doch wenig Kraft, kann ja nicht einmal gehen, und der Topf ist schwer, sogar ich hebe ihn mit Mühe.

„Schwer, ja?" frage ich Friedrich Karlowitsch leise.

Doch er antwortet nicht. Er schaut mich sogar nicht an. Er klettert wieder auf das Bett hinauf.

Ich erwache, weil Mutti laut weint. Ich frage Arno, warum Mutti weint. Arno sagt, daß Friedrich Karlowitsch gestorben ist.

Dann kommen viele Menschen zu uns. Sie kommen, um Friedrich Karlowitsch zu beerdigen. Beerdigen, das heißt hinters Dorf auf einen Hügel tragen und dort in die Sonne legen. Dort ist es warm, und die Vöglein singen. Ich will, daß man auch mich bis zum Abend beerdige, doch Arno sagt, es sei zu matschig, meine Schuhe aber seien durchlöchert. Arno bringt mich zu Großväterchen Semjonytsch. Ich könnte ja auch selbst hinübergehen, doch Sorjka steht an der Scheune. Sorjka ist stößig, und ich habe Angst vor ihr.

Sorjka reibt sich die Seite an der Scheunenecke. Zu Hause hatten auch wir eine Kuh gehabt. Im Frühjahr rieb sie sich gleichfalls an den Ecken. Sie haaren so. Arno sammelte dann die Wolle und walkte sie zu einem Ball. Mit diesem Ball haben dann er und seine Freunde auf der Straße gespielt.

„Arno", sag ich, „schau, Sorjka haart. Walkst du mir einen Ball?"

„Gut", sagt Arno, „ich mache dir einen."

Arno ist ein Prachtjunge. Ich habe ihn gern.

Am Abend holt mich Arno ab. Wir gehen nach Hause. An der Hausecke, wo Vatis Fußtapfen war, bleibe ich stehen. Auch Arno bleibt stehen.

Vatis Fußtapfen ist nicht mehr da. Dort, wo er war, sind jetzt viele Spuren von Kuhklauen.

An den schwarzen rissigen Stirnseiten der Holzbalken haften rote Haarbüschel.

„Arno", sage ich, „sammeln wir die Wolle!"

Arno antwortet nicht. Er fasst mich an der Hand und führt mich nach Hause.

In der Stube ist es kühl. Mutti sitzt im aufgeknöpften Mantel am Tisch, schaut starr vor sich hin und schweigt. Mariechen hat sich auf dem Ofen eingemummt und ist ebenfalls schweigsam. Arno bringt Holz aus dem Flur, holt hinter dem Ofen ein trockenes Scheit hervor und spaltet Späne ab, um den Ofen anzuheizen. Auch er spricht kein Wort. Also muss ich ebenfalls still sein und die anderen in Ruhe lassen.

Ich ziehe mich nicht aus, sondern schlüpfe nur aus den Schuhen und krabbele auf das Bett, auf dem Friedrich Karlowitsch gelegen hatte. Das Bettzeug hatte man schon abgenommen, und ich gehe über die Bretter wie über die Bohlen des Fußbodens. In der Ecke über dem Bett ist ein kleines Regal angebracht. Auf diesem liegen verschiedene Papiere, die Mutti „Dokumente" nennt. Diese Papiere dürfen Maria und ich nicht anrühren.

Auf dem Brett liegen auch Fotos. Am meisten sind es solche, wo in der Mitte mein Vati sitzt und rings um ihn viele Kinder. Die Fotos dürfen wir nehmen. Ich schaue sie mir gern an.

Ich setze mich auf das Bett und reihe alle Fotos, auf denen Kinder sind, rechts aneinander. Es gibt viele, viele Kinder.

Ich wusste früher gar nicht, daß es auf der Welt so viele Kinder gibt. Es ist nur interessant, wo sie alle hingekommen sind? Sämtliche Kinder unseres Dorfes würden nicht mal für ein einziges solcher Fotos ausreichen.

Dann hole ich andere Foto herunter: Auf denen sind nur Onkels und Tanten zu sehen. Diese Fotos lege ich links von mir aneinander. Jetzt bin ich von vielen, vielen Leuten umgeben.

Viele dieser Leute kenne ich.

Dieser Onkel da mit einem runden Ding auf einem Kettchen an der Feldbluse heißt Onkel Willi. Er ist Vatis Bruder. Er kämpft an der Front gegen die Faschisten. Einmal haben wir sogar von ihm einen Brief erhalten. Er schrieb, daß man sie alle, wer am Leben geblieben ist, von der Front weggenommen und in die Taiga geschickt hätte. Friedrich Karlowitsch sagte, als Mutti ihm diesen Brief gezeigt hatte, es sei ja weit von ihm, doch immer dasselbe. Onkel Willi lächelt auf dem Foto.

Und dieser Onkel, mit Schnurrbart und Säbel, der da auf einem Stuhl sitzt, das ist Muttis Onkel. Er war ein Budjonny-Reiter. Das waren solche Leute, die mit roten Fahnen auf Pferden ritten und gegen die Weißen kämpften. In einer Hand hatte jeder eine rote Fahne, in der anderen – einen Säbel. Wer aber die Weißen waren, das weiß ich nicht. Ich weiß nur, daß sie viele Leute totgeschlagen haben dort, wo Mutti und Vati wohnten, als sie noch zu Hause lebten und ich noch nicht auf der Welt war. Sie haben auch Muttis Onkel totgeschlagen. Sie haben ihm den Kopf mit einem weißen Säbel ganz abgeschlagen. Und als man ihn beerdigte, legte man erst ihn in den Sarg, dann seinen Kopf.

Und das da ist mein Opa. Denn es ist Vati sein Vater. Auch er hat einen Säbel und einen Revolver, sitzt aber auf

einem Pferd. Mein Opa war ein Kommandeur. Er hatte einen ganzen Trupp Reiter, alle waren auf Pferden. Opa schlug sich mit dem Wakulin, der sich mit einer Bande herumgetrieben hatte.

Die Oma hatte oft zum Opa gesagt: „Würdest du doch lieber das alles bleiben lassen. Wenn Wakulin dich mal zu fassen kriegt, kann's schlimm werden." Doch mein Opa hat immer nur gelacht und dazu gemeint: „Warte nur, Mutter, den krieg ich noch an den Hammelbeinen!"

Dann kam Wakulin einst in der Nacht ins Dorf und umzingelte meinen Opa. Am Morgen trieb er das ganze Dorf an der Kirche zusammen und hängte meinen Opa mit einem Strick am Hals auf. Opa hatte den ganzen Tag gehangen, konnte nicht atmen und musste sterben. Erst am Abend hatte man den Strick abgeschnitten und Opa heruntergenommen.

Ich schaue mir sehr gern die Fotos an. Ich kann nur nicht mit anhören, wenn Mutti das alles erzählt. Ich mache dann fest, fest die Ohren zu, um nichts zu hören, schaue Mutti auf die Lippen und warte, bis sie was anderes zu erzählen beginnt. Denn so was zu hören ist fürchterlich, ich träume dann immer, daß man auch mir den Kopf abschlägt, mit einem glatten eisigen Säbel. Mir tut es ja nicht weh, mir ist nur bange, daß mein Kopf von mir getrennt sein wird und daß ich dann wahrscheinlich ganz tot sein werde.

Auf dem Foto ist der Opa wie lebendig. Er ist meinem Vati ähnlich, und ich schaue lange, lange auf ihn. Ich habe ihn lieb. Oft sehe ich ihn im Traum, Er setzt mich vor sich auf das Pferd, und wir reiten hoch über der Erde: Ich halte die rote Fahne in die Höhe und der Opa – den Säbel...

Wir haben auch ein Foto mit einem Traktor darauf, Der Traktor fährt auf der Straße, ringsum sind viele, viele Leute, und vor dem Traktor laufen Kinder her.

Und ein Foto, auf dem viele Onkels und Tanten kleine dünne Bäumchen pflanzen, haben wir auch noch.

Ich schaue mir noch einmal alle um mich liegende Fotos an, sammle sie dann und lege sie wieder auf das Brettchen.

Was ist denn aber das da für ein Büchlein? Ganz klein und dünn. Früher ist es nicht dagewesen.

Ich mache das Büchlein auf... Drinnen ist auch ein kleines Foto, nur ist es festgeklebt. Aber das ist doch mein Vati! Mein Va-ati... Er schaut gerade auf mich. Er schaut so, als bemühe er sich, streng zu sein, doch man sieht es doch, daß er gutmütig ist. So schaute er auf mich, wenn Mutti ihm am Abend berichtete; „Ja, Vater, unser Fritzchen war heute nicht immer artig." Vati machte dann ein gerade so strenges Gesicht und sagte: „So-o? Was soll denn so was heißen, Fritzchen? Komm mal her, wir wollen mal von Mann zu Mann sprechen."

Ich hatte es gern, wenn wir mit Vati von Mann zu Mann sprachen. Vati setzte mich neben sich auf einen Stuhl, und seine Augen blickten gütig, so gütig, daß ich ihm alles ehrlich gestand. Er schimpfte nie auf mich. Und alles, alles verstand er! Und sagte dann zu mir:

„Na gut, ich bitte dich nur, daran zu denken, daß man Mutti nicht aufregen darf. Die Sache ist nämlich die..." Er neigte sich zu mir herab und sprach ganz leise, damit nur ich es höre: „Die Sache ist die, daß wir, ich und du, den Frauen gegenüber sehr aufmerksam sein müssen. Sie sind doch nicht so stark wie wir Männer. Nicht wahr?"

Ich war mit Vati einverstanden. Und wurde nach dem Gespräch mit ihm beinahe so groß und stark wie er. Nur von Wuchs war ich noch klein. Und Vati sagte mir:

„Na, es freut mich, daß wir beide gleicher Meinung sind. Es ist, weißt du, immer angenehm, Gesinnungsgenossen zu haben... Und jetzt kannst du mich ein bisschen drücken."

Ich umarmte Vatis Hals und drückte ihn aus allen Kräften an mich. Danach bemühte er sich schon nicht mehr, ein so strenges Gesicht zu machen, wie auf dem Foto…

Ich springe vom Bett:

„Mutti, schau mal, mein Vati!"

Mutti zuckt zusammen, wendet sich zu mir und nimmt das Büchlein.

„Das ist Vatis Parteibuch, Söhnchen", sagt Mutti.

„Und was ist das, ein Parteibuch?" frage ich.

„Dein Vater war Kommunist", sagt Mutti.

Mir ist es dennoch nicht verständlich.

„Und wer sind denn das, die Kommunisten?"

Mutti denkt eine Weile nach. Dann sagt sie:

„Kommunisten, das sind Leute, die wollen, daß es allen arbeitenden Menschen auf der Erde gut geht."

Jetzt denke ich nach. Dann frage ich:

„Mutti, als wir noch zu Hause wohnten, waren wir doch arbeitende Menschen, ja?"

„Gewiss, mein Kleiner."

„Und jetzt, Mutti. Sind wir auch jetzt arbeitende Menschen?"

„Auch jetzt", sagt Mutti.

Ich denke jetzt lange, lange nach, trotzdem ist mir manches unklar.

„Mutti, und wir sind auch noch auf der Erde?"

„Na ja, wo denn sonst?" antwortet Mutti langsam, wendet sich noch mehr zu mir und schaut auf mich mit einem Blick, als wäre ich schwer krank. Dann drückt sie plötzlich mein Gesicht an ihre Brust, und auf meinen Scheitel fallen einer nach dem anderen warme Tropfen.

2. Mutti

Es ist schon ganz dunkel geworden. Und kalt. Unten ist es wahrscheinlich schon ganz kalt.

Maria und ich liegen auf dem Ofen. Der Ofen ist noch ein bisschen warm. Wir haben uns in die Decke gewickelt und versuchen zu erraten, was Mutti und Arno mitbringen könnten.

„Heute werden sie Brot mitbringen", sage ich. „So ein Stück."

Ich möchte so sehr ein bisschen Brot. Mutti bringt schon lange, lange kein Brot mehr. „Niemand hat jetzt Brot", sagt sie.

Gestern hatten sie fünf gekochte Kartoffeln und einen Teller voll dicker Kartoffelschalen mitgebracht. Wenn Arno zu Hause sein wird, werden wir die Kartoffelschalen im Ofen backen. Gebacken schmecken sie wundervoll. Die dunkle Pelle auf ihnen brennt fast ab, und wenn man sie mit dem Finger ein wenig reibt, bleibt nur das Weiße...

Es wäre auch schön, wenn wieder eine Tante einen Brief aus der Taiga bekommen würde. Wie Tante Berta. Sie war einmal zu uns gekommen, als Friedrich Karlowitsch schon beerdigt war, und brachte uns einen halben Topf Haferbrei.

„Nimm... Für deine Kinder...", sagte Tante Berta weinend und überreichte den Topf Mutti. „Mein Jüngster, der Ewald, hat geschrieben... Er magerte ab ... konnte die Norm nicht erfüllen... bekam weniger Brot... Und der Lehrer gab ihm immer etwas von seinem Brot... hat ihn gerettet. Ewald war doch sein Schüler gewesen..."

Mutti weinte damals lange und konnte sich gar nicht beruhigen. Tante Berta musste ihr sogar ein Glas Wasser geben. Dann stellte Mutti den Topf auf den Tisch, und wir alle aßen den Haferbrei. Auch Tante Berta musste mit uns essen. Der Brei schmeckte noch wundervoller...

Ja, es wäre schön, wenn Mutti und Arno Brot mitbringen würden. Vielleicht wird heute jemand welches haben und ihnen geben?

„Nein, Brot werden sie nicht bringen. Jetzt hat niemand Brot", wiederholt Maria Muttis Worte.

„Und früher hatte jemand?"

„Früher hatten alle", sagt Maria. „Zu Hause gab's vor dem Krieg bei allen meinen Freundinnen Brot. Wenn ich lange bei ihnen spielte, gab man auch mir eine Scheibe Brot. Auch wenn wir bei uns spielten, gab uns Mutti Brot. Das Brot war weiß, weiß und weich, und hatte eine so knusprige Kruste. Mutti schmierte Butter aufs Brot, und obendrauf streute sie noch Zucker. Oh! Das schmeckte!.. Mit Salz schmeckte es auch", fügt Maria hinzu.

„Und alle hatten Brot gehabt?"

„Alle", sagt Maria.

Ich höre gern zu, wenn Maria erzählt, wie es zu Hause war. Sie hatte Glück gehabt: Mutti kaufte sie früher als mich, und sie konnte noch weißes Brot mit Butter essen, soviel sie wollte. Ich aber wurde gekauft, als niemand mehr Brot hatte. Sogar kein schwarzes.

Vielleicht spinnt Maria? Wie kann denn das möglich sein, daß alle Brot haben! Woher soll es so viel Brot geben? Gar noch weißes. Und mit Butter. Mit Zucker...

Gewiss, sie spinnt... Doch soll sie. Es ist dennoch interessant.

„Und auch alle Vatis waren daheim?" frage ich Maria.

„Alle", antwortet sie. Dann beginnt sie zu weinen.

„Warum weinst du?" frage ich sie.

Sie weint noch ein bisschen, dann sagt sie:

„Frag mich nicht über Vati, es tut mir so schrecklich weh."

„Gut, ich werde nicht mehr... Ich hab Hunger. Und es ist kalt. Vielleicht heizen wir ein?" schlage ich vor.

„Nein, Mutti hat es nicht erlaubt."

„Und wenn sie heute nicht kommen?"

Maria schweigt. Dann antwortet sie:

„Sie kommen. Sie sind doch immer gekommen. Wir dürfen nur nicht vergessen, Mutti zu sagen, daß Tante Ida da war."

Wir schweigen beide. Wozu soll Mutti eigentlich in den Dorfsowjet kommen? Arbeit gibt es jetzt keine. Auch kann Mutti nicht arbeiten. Sie ist krank. Irgendwas im Leib tut ihr weh...

Es ist still. Auf der Straße knirscht irgendwo der Schnee. Das Knirschen kommt immer näher. Es klopft an der Tür. Wir springen vom Ofen 'runter. Maria geht hinaus, ich schaue in den Flur. Mutti und Arno sind gekommen. Maria fegt ihnen den Schnee von den Filzstiefeln.

Mutti legt einen kleinen Beutel auf den Tisch, zieht die Fausthandschuhe aus, wickelt das Kopftuch ab.

„Knöpfe mir bitte den Mantel auf, Fritzchen", sagt sie und lässt sich auf ihren Sitzklotz nieder.

Ich knöpfe ihr den Mantel auf. Dann nehme ich ihre kalten Hände und lege sie mir an den Kopf.

„Wärme sie ein bisschen", sage ich.

Ich habe lange Haare. Mutti steckt ihre Hände hinein und reibt sie an den Haaren. Ihre Hände sind ganz steif.

„Halte sie gut", sage ich und fange an, schnell, schnell den Kopf zu bewegen: links, rechts, links, rechts. Mir wird sogar schwindlich.

„Sind sie jetzt warm?"

„Ja, danke schön", sagt Mutti und streicht mir die Haare wieder glatt...

Sie geht an den Ofen, schiebt den blechernen Verschluss zur Seite und scharrt das Häufchen Asche auseinander. Dort glimmen noch einige Kohlen. Gott sei Dank, sonst müssten wir zu Großväterchen Semjonytsch nach glühenden Kohlen laufen. Mutti bläst auf eine Kohle und zündet an ihr einen Span an. In der Stube wird es hell.

Jetzt wird Arno schnell den Ofen anheizen, Wasser kochen, und dann werden wir zu Abend essen.

Wir möchten gerne wissen, was Mutti und Arno mitgebracht haben. Doch in das Beutelchen schauen ist nicht schön. Man muss abwarten, bis alle am Tisch sitzen und Mutti einem jeden gekochtes Wasser ins irdene Töpfchen gießt. Diese Töpfchen brachte Arno mal aus dem Walde mit. Dort hängt man sie an Bäume, damit Harz hineinfließt. Das heiße Wasser aus ihnen schmeckt sehr gut. Man verbrennt sich nicht die Lippen, und auch für die Hände ist es nicht zu heiß. Sobald Mutti Wasser eingegossen hat, wird sie das Beutelchen umdrehen und alles auf den Tisch ausschütteln.

Nun sitzen wir endlich alle am Tisch. Heute gibt es in Muttis Beutelchen für jeden zwei gekochte Kartoffeln, und eine bleibt noch übrig. Die Kartoffeln sind kalt und mehlig. Im Beutelchen haben sich an sie verschiedene Krümel geklebt. Wir blasen die Krümel weg und bestreuen die Kartoffeln mit grobem Salz. Wie gut das schmeckt!

Im Beutelchen ist auch noch ein Stück gebackener Kürbis.

„Das hat man mir gegeben!" sagt Arno. „So eine gute Tante. ‚Setz dich', sagte sie, ‚iss ein Stück!' Nein, sage ich, ich habe zu Hause noch ein Schwesterchen und einen kleinen Bruder, ich kann nicht. ‚Setz dich dennoch', sagte sie. ‚Wenn du‘s isst, gebe ich dir noch ein Stück, das kannst du mitnehmen.' Ich wollte, Mutti, die Hälfte von meinem Stück für dich beiseite stecken, doch sie bemerkte es. ‚Wenn du es nicht ißt, gebe ich dir nichts mehr', sagte sie...“

„Lass nur, mein Sohn", sagt Mutti. „Mir gab man auch dort zu essen, wo ich ein Kleid umgewendet hatte...“

„Aber im nächsten Haus geriet ich an einen bösen Onkel. Du, sagte er, sprichst ja so komisch russisch. Was für einer bist du denn? Ich sage, ein Deutscher. Und er: ‚Ein Deutscher? Und bettelst noch, daß man dir was gebe? Sollen dir doch die Faschisten geben. Schere dich fort von hier, und je schneller desto besser!..' Ich konnte ihm sogar nicht sagen, daß ich ein ganz anderer Deutscher bin, ein Pionier.“

Arno schnaubt sich die Nase.

„Beruhige dich nur, mein Sohn. Die Leute sind ja nicht alle gleich. Gute gibt es dennoch mehr.“

„Ich schäme mich, Mutti. Ich bemühe mich so, russisch alles richtig zu sagen, und doch sehen alle sofort, daß ich ein Deutscher bin.“

„Ach, was! Du sprichst noch gut. Wenn ich so könnte...“

Wir tunken die Kartoffeln in das Läppchen mit Salz und hören Mutti und Arno zu.

„Ja, fast hätte ich‘s vergessen", sagt plötzlich Maria wie eine Erwachsene. „Mutti, Tante Ida war da, sagte, morgen früh sollt ihr alle in den Dorfsowjet kommen. Unbedingt-unbedingt.“

„Und was los ist, hat sie nicht gesagt?“

„Nein. Sie weiß es ja selber nicht.“

Mutti denkt lange nach und seufzt dann.

„Na, wollen wir schlafen gehen", sagt sie.

Wir breiten auf den Bohlen unsere Mäntel aus, ziehen vom Ofen die Decke herunter. Der Ofen ist noch nicht ganz durchgeheizt. In der Stube ist es kühl, und man möchte nicht gern knien, um zu beten. Beten, das heißt zu Gott sprechen. Früher beteten wir nicht, jetzt aber beten wir. Das hat Großväterchen Semjonytschs Mütterchen Mutti geraten. Sie sagte:

„Na und, wenn ihr auch nicht glaubt, beten könnt ihr dennoch. Wie dem auch sei, ist es doch eine Stütze. Es ist jetzt schwer, standzuhalten. Es rüttelt und schüttelt dich, bis du umkippst. An irgendetwas muss der Mensch glauben."

„An was soll man denn auch noch glauben?" sagte Mutti. „Nichts ist mehr übrig geblieben."

Als sie fort war, sagte Heinzchens Großmutter, die auch gerade bei uns war, zu Mutti:

„Eine kluge Alte... Na, für meine alten Tage ist es ja schon zu spät, noch einmal anzufangen, aber für diese da..." sie wies auf Maria und mich, „für sie lohnt es sich vielleicht noch."

Nach ein paar Tagen kam sie mit einigen beschriebenen Blättern, und Mutti brachte uns das Beten bei. Dann fing Mutti auch selbst zu beten an. Sie betet aber nur nach uns.

Beten, das ist gut. Wenn man gebetet hat, vergisst man gleich alles, alles, was am Tage war, und fängt an, darüber nachzudenken, was der liebe Gott uns morgen Gutes tun wird. So schläfst du die ganze Nacht, wartest und freust dich.

Nur möchte man nicht auf den Knien stehen, wenn es kalt ist. Früher beteten wir, wenn es kalt war, unter der Decke liegend. Jetzt aber wird Mutti immer strenger, sie achtet darauf, daß wir gut beten. Wenn wir auf den Knien stehen, sagt Mutti, wird Gott besser unser Gebet erhören.

Als erster bete ich — ich bin der Kleinste, und mein Gebet ist kurz:

Ich bin ein kleines Kindelein,
Meine Kraft ist schwach.
Ich möchte gerne selig sein,
Weiß nicht, wie ich's mach. Amen.

Mariechens und Arnos Gebete sind länger. Ich kann sie auch schon auswendig. Am längsten betet Mutti. Ich schlafe schon ein, sie aber steht immer noch auf den Knien, flüstert und bittet den lieben Gott um irgendwas.

Mariechen sitzt am Tisch und malt mit unserem roten Stift den Hof, den wir daheim hatten. Wir besitzen nur einen Stift, es war Vati seiner, und alles, was Maria malt, ist rot: der Hof, das Haus, unsere Kuh Meta, die Sonne, die Bäume. Jetzt malt sie gerade den Brunnen im Hof. Und dann wird sie sich selbst auf der Freitreppe mit einem Stück Brot in der Hand malen. Das malt sie immer.

Im Flur knarrt die Tür. Das ist Mutti.

„Na, was war dort los?" fragt Arno, der für uns Kartoffelschalen backt.

„Ach, nichts Besonderes. Einfach eine Versammlung", sagt Mutti und wischt sich die Augen.

Muttis Augen sind rot. Wir schauen zu ihr hin. Mutti merkt, daß wir sie anschauen.

„Ein Wind draußen... direkt ins Gesicht. Hab mir sogar die Augen weh gerieben."

Arno nimmt eine Handvoll fertiger Kartoffelschalen.

„Das ist für Mutti, ja?" sagt er zu uns leise.

Wir sind einverstanden.

Arno legt die Schalen auf den Tisch.

„Nimm, Mutti", sagt er, „sie sind noch heiß."

Mutti isst die Kartoffelschalen und schaut in die Ferne. Dann sagt sie zu Mariechen und mir:

„Geht mal ein bisschen an die frische Luft."

„Dort ist es wahrscheinlich kalt, es ist doch windig", meint Mariechen.

„Na, es ist nicht so schlimm. Geht nur."

Und wirklich, es gibt fast keinen Wind. Doch kalt ist es. Wir beginnen bald zu frieren und laufen nach Hause. Arno sitzt da und weint. Mutti versucht, ihn zu beruhigen.

„Arno, warum weinst du?" frage ich.

Arno schweigt. An seiner Statt antwortet Mutti:

„Ich muss auf paar Tage ins Rayonzentrum fahren, und Arno regt sich deswegen auf."

„Wozu denn ins Rayonzentrum?" fragt Mariechen.

„Keine Ahnung. Man hat uns bestellt..."

„Wozu bestellt?" Mariechens Stimme zittert.

„Aber nicht doch, nicht doch... Auch schon die Augen nass... Ich komme zurück, ich komme..."

Doch da beginnt Mutti auch schon selber laut, laut zu weinen, und wir alle weinen mit...

Am Abend kommt zu uns Tante Ida mit ihrem Heinzchen. Sie kamen einfach so, zu Besuch.

Wir spielen mit Heinzchen. Heinzchens Vater kommt nie wieder, er wurde in dem Dorf Taiga beerdigt.

Tante Ida und Mutti unterhalten sich. Tante Ida sagt:

„Na, 's wird schon gehen. Der Vorsitzende sagte doch, daß man sie ins Kinderheim bringen wird. Vielleicht wird es sogar so besser sein."

Dann sagt sie noch zu Mutti:

„Wirst wohl wie immer Glück haben: Dich nimmt man nicht. Wirst mit den deinen bleiben."

„Ach", sagt Mutti, „jetzt braucht man alle, gesund oder krank, darauf schaut man nicht in solchen Zeiten. Hast doch selbst gehört, was man im Dorfsowjet sagte."

„Sei nur ruhig", sagt Tante Ida, so als ärgere sie sich über Mutti, weil sie krank ist. Sie fängt sogar an, lauter zu sprechen. „Du bleibst zu Hause."

„Um Gottes Willen, Ida, hör doch auf", sagt Mutti und weist mit den Augen auf uns.

„Was heißt, hör auf!" Tante Ida fühlt sich wohl beleidigt. „Wollen wir wetten: Wenn du bleibst, gibst du mir deine Filzstiefel und nimmst meine. Gut?"

„Lass doch, Ida", erregt sich nun auch Mutti. Sie möchte wahrscheinlich ihre Filzstiefel, die sie selbst unlängst besohlt hatte, nicht mit denen Tante Idas, aus denen durch Löcher bunte Lappen herausgucken, tauschen. „Ich würde alles hingeben, um nur mit den Kindern bleiben zu dürfen."

„Also schön", freut sich Tante Ida. „Die Filzstiefel sind so gut wie meine."

Mariechen schläft bereits. Auch Arno schläft. Nur ich kann und kann nicht einschlafen. Mutti steht heute lange, lange auf den Knien und betet.

Früh am Morgen bringt man uns zwei runde Laib Brot. Das ist, sagt man Mutti, vom Dorfsowjet. Mutti wickelt einen Laib in einen Lappen und legt ihn auf das Regal, wo das Geschirr steht,

„Das ist für euch", sagt Mutti. „Arno, das tust du auf vier Tage einteilen. Jedem ein Stück am Tag."

Dann schaut Mutti noch eine Weile auf den zweiten Laib, nimmt das Messer und schneidet ein Stück davon ab. Das übrige steckt sie in ihr Beutelchen. Das Stück schneidet sie noch in vier Teile.

Das Brot ist weich, das Messer scharf, und so gibt es fast keine Krümel. Nur von der knusprigen Kruste bleibt auf dem Tisch ein brauner Staub nach.

„Ist das für die Mäuschen?" fragen Mariechen und ich.

„Geben wir das den Mäuschen. Die sind wahrscheinlich auch hungrig", sagt Mutti.

Wir sammeln den Brotstaub in ein Häufchen, teilen ihn in zwei Hälften und tragen ihn zum Ofen. Dort sind in der Diele zwei kleine Löcher. Aus ihnen kommen, wenn es in der Stube ruhig ist, Mäuschen heraus. Wir haben jeder sein Mäuschen. Wir schütten den Brotstaub unseren Mäuschen hinein und setzen uns an den Tisch. Jetzt werden alle im Hause frühstücken.

Einen guten Dorfsowjet haben wir. Hat uns Brot gegeben. Vielleicht hat es aber unser Herrgöttchen geschickt? Hat gehört, daß wir gut beten, und dem Dorfsowjet gesagt: „Diese Kinder da, das sind gute Kinder, gib ihnen Brot..." Also nicht faul sein und brav auf den Knien stehen!

„Du musst nicht so schnell essen", sagt mir Mariechen. „So schmeckt's ja auch gar nicht. Man muss so ein bisschen abbröckeln, in den Mund stecken und so lutschen. Dann schmeckt's besser und wird auch länger reichen."

Und wirklich, von meinem Stückchen ist schon fast nichts mehr geblieben. Mariechen aber hat noch die Hälfte von ihrem. Ich versuche, es auch so zu machen, wie sie, doch bei mir kommt da nichts heraus.

„Ich kann so nicht", sage ich.

„Du darfst nicht so gierig essen, nicht gleich alles schlucken, dann wirst auch du es können."

Ich versuche es noch einmal, doch das Stückchen rutscht wie von selbst hinunter.

„Hab's wieder geschluckt", sage ich. Bei mir ist nur noch ein bisschen von dem Brotkrüstchen übrig.

„Rege dich deshalb nicht auf, mein Kleiner", sagt Mutti. „Das Brot ist sowieso in deinem Bäuchlein."

Auf der Straße ruft jemand. Mutti zuckt zusammen. Dann richtet sie sich auf und beginnt, sich schnell anzuziehen.

„Mutti, du fährst doch nicht auf immer fort, nicht wahr?" frage ich.

„Natürlich nicht", antwortet Mutti. „Ich komme bald zurück. Sobald ihr das Brot aufgegessen habt, bin ich wieder da."

Vati hatte auch gesagt, daß er bald zurückkommen wird, ist aber noch immer nicht gekommen. Doch vielleicht kommt Mutti zum Vati, und sie werden dann zusammen zurückkehren?

„Wirst du nicht zu Vati kommen?" frage ich.

Mutti lässt sich auf die Bank nieder. Auf den dunklen geborstenen Knopf an ihrem Mantel fallen Tränen. Die Tränen fallen nieder zu kleinen Spritzern. Ein Spritzer fliegt mir ins Auge. In den Augen beginnt was zu beißen.

Auf der Straße wird noch einmal gerufen. Mutti zieht Mariechen und mich an sich. Arno umarmt Mutti. Wir weinen.

Es klopft. Die Tür geht auf, ein fremdes Großväterchen in langem Schafspelz und mit einer Peitsche in der Hand tritt ein.

„Es ist Zeit, Petrowna", sagt er zu Mutter. „Ach, matj twoju!" schimpft er dann los. „Auch hier wieder dasselbe..." Er klatscht mit den langen Ärmeln an seine Seiten. Mutti beginnt noch lauter zu weinen. „Na, Ruhe, Ruhe! Los, Petrowna, gehen wir, wir müssen schon fahren..." Er hört uns noch eine Weile zu und poltert dann los: „Jetzt reicht's aber! Pack mal schneller ein! Meinst wohl, wir können auf dich warten? Zu Fuß wirst du dann gehen! Na, mal flink! Wenn wir uns verspäten, wird der Natschalnik schelten! Der Natschalnik ist böse! Schnell!"

Mutti erhebt sich.

„Vergesst nicht zu beten, Kinder", sagt sie. „Macht den Ofenschieber nicht zu früh zu... Geht nicht unnötig auf die Straße."

Das sagt Mutti immer, wenn sie fortgeht. Wahrscheinlich wird sie auch wirklich nicht lange fortbleiben.

„Na, komm, komm", nimmt das Großväterchen Mutti am Arm. „Dein Gepäck, lass es nicht liegen..." Er nimmt Muttis kleinen Beutel. „Ha, auch die nimmt nur einen einzigen Laib mit. Ihr glaubt wohl, man hätte euch auf eine Hochzeit eingeladen? Man hat euch doch gesagt: Nahrung für zehn Tage. Allein schon im Rayonzentrum werdet ihr drei Tage warten, wer weiß, wohin es dann noch geht", brummt er. „Na, raus, raus, wir hätten schon längst abfahren müssen."

Mutti geht hinaus. Wir ziehen schnell unsere Mäntelchen an und laufen ihr nach. Auf der Straße stehen einige Schlitten. Auf ihnen sitzen Tanten. Wir sehen, wie unsere Mutti in den letzten Schlitten steigt und sich mit dem Rücken zu unserem Häuschen setzt. Das Großväterchen schreit:

„No-o! Los!.."

Vorne knallen Peitschen; der Schnee knirscht. Die ersten Pferde traben schon. Aus ihren Nüstern, an denen Eiszapfen hängen, schlagen Dampfstrahlen auf den Weg. Nun setzt sich auch der letzte Schlitten in Bewegung.

„Mut-ti!" rufen Maria und ich.

Mutti dreht sich um. Sie sieht uns und macht Anstalten, aus dem Schlitten zu springen, doch die anderen Tanten halten sie zurück. Wir laufen auf den Weg. Die Schlitten sind schon weit. Hinter ihnen bleiben zwei tiefe glatte Rillen. Die Rillen werden immer länger und nähern sich einander immer mehr. Vom Pferdewagen, auf dem Vati fortgefahren wurde, waren auch Rillen geblieben. Nur nicht so schöne und glatte wie diese...

Pferde, Schlitten und Mutti versinken irgendwo. Jetzt ist nur noch ein Krummholz des Pferdegeschirrs zu sehen. Über ihm hebt und senkt sich eine Peitsche.

Nach zwei Tagen kommen Robert und Arthur zu uns. Das sind Arnos Freunde. Sie arbeiten zusammen und gehen auch zusammen in den Wald nach Holz. Ihre Muttis sind ebenfalls in das Rayonzentrum gefahren. Auch sie sind allein mit ihren kleinen Geschwistern geblieben: Arthur hat zwei, Robert drei. Robert und Arthur möchten, daß wir uns alle in einem Haus einrichten und zusammen wohnen. So, sagen sie, wird es geselliger sein, und auch Holz wird man weniger brauchen.

Arno ist mit ihnen einer Meinung. Auch wir sind froh: Wir werden nicht den ganzen Tag allein bleiben müssen und können mit anderen Kindern spielen. Wir werden Blindekuh spielen, und fünf Steinchen, und Knöpfe auf Zwirnfaden drehen, daß sie nur so brummen. Wir ziehen uns an, stützen die Tür mit einem Stock ab und gehen alle zu Robert: Sein Haus ist das größte, und auch noch neu. Ein russischer Onkel hatte es für sich gebaut, er ist aber an der Front gefallen. Seine Tante wollte nicht mehr allein in diesem Hause wohnen und ist zurück zu ihren Eltern gegangen. Das hat uns Robert erzählt.

Das Brot haben wir schon aufgegessen, doch Mutti ist immer noch nicht zurück.

Ich wollte, daß wir es ein bisschen schneller essen, Mutti hatte doch gesagt, daß sie zurück sein wird, sobald wir das Brot aufgegessen haben. Doch Arno sagte, Mutti habe befohlen, das Brot auf vier Tage einzuteilen. Wenn wir es anders machen, wird sie vielleicht nicht wiederkommen.

Wir aßen am Brot vier Tage, doch Mutti kam nicht.

Zu essen haben wir nichts mehr. Auch Arthur und Robert nicht. Heute haben wir noch nichts gegessen. Arno, Robert und Arthur sind am Morgen fortgegangen. Wir alle kletterten auf den Ofen. Man hatte uns gesagt, daß wir mittags ein bisschen schlafen sollen, dann werden wir nicht so hungrig sein. Wir haben geschlafen und erzählen einander jetzt, wer was geträumt hat. Alle haben einen und denselben Traum gehabt: Mutti ist wieder da und hat Brot mitgebracht. Jeder hat bereits seinen Traum erzählt. Otto und Elsa, die kleiner sind als ich, fangen an zu weinen. Auch wir fangen leise zu weinen an. Mutti hatte mal gesagt, daß es dem Menschen im Unglück nach dem Weinen leichter wird. Und wirklich, jetzt haben wir schon weniger Hunger. Wir beginnen, Blindekuh zu spielen.

Als es dunkel wird, kommen Arno, Robert und Arthur. Sie haben Kartoffeln mitgebracht. Da wir noch nichts gegessen haben, werden in den Kochtopf für jeden zwei Kartoffeln gelegt.

Nach dem Abendessen sagt jeder:

„Gott sei Dank

für Speis und Trank.

Amen."

Robert sagt, daß man heute auch dem Predsedatel, dem Kolchosvorsitzenden, danken muss. Er hatte sie mit nach Hause genommen, war in den Keller gestiegen und hatte ihnen einen Eimer Kartoffeln gegeben.

Wir sagen im Chor:

„Predsedatel sei Dank für Speis und Trank.

Amen."

Zwei Tage später klopft jemand in der Nacht an unsere Tür. Robert geht zur Tür, Arno und Arthur nehmen ihre Beilchen, mit denen sie in den Wald gehen, und stellen sich

neben ihn. Wir sind alle wach geworden und schauen auf sie. Wir haben Angst.

„Wer da?" fragt Robert.

„Robert, bist du das?" ruft draußen jemand.

„Ja."

„Meine Kinder sind wohl auch da?"

„Wer sind Sie denn?"

„Arnos Mutter. Mach bitte schneller auf."

„Mut-ti!" jubeln Mariechen und ich und laufen zur Tür. „Mut-ti!"

Die anderen meinen wohl, ihre Muttis seien auch gekommen. Auch sie springen auf und schreien:

„Mut-ti!"

Die Tür geht auf. Herein kommt unsere Mutti. Zuerst erkennen wir sie kaum: Sie steckt in fremden Kleidern. Sie kommt näher und lässt sich auf die Diele nieder. Ich falle ihr um den Hals: Meine Mutti ist gekommen! Ich küsse ihre eiskalten Backen, Lippen. Maria versucht, mich wegzuschieben, doch ich klammere mich an Muttis Kopftuch und lasse sie nicht heran.

„Und wo ist unsere Mutti?" fragt plötzlich Elsa.

Ich lasse Mutti los. Alle stehen um uns herum, schauen auf Mutti und schweigen.

„Sie ist noch nicht gekommen", sagt Mutti. „Sie wird später kommen."

„Wann?" fragt Elsa wieder.

„Bald, Elschen, bald."

„Und unsere Mutti wird auch kommen?" fragt Otto.

„Ja. Nur nicht heute."

„Morgen?"

„Nein, wahrscheinlich ein bisschen später... Arnoje", sagt Mutti. „Zieht mich bitte aus und holt Schnee rein. Ich glaube, daß ich mir was abgefroren habe."

Arno nimmt Mutti schnell das alte fremde Kopftuch ab, knöpft eine alte geflickte Steppjacke auf, zieht Tante Idas löchrige Filzstiefel von Muttis Beinen, dann noch irgendwelche Fußlappen.

„Aber Mutti!" sagt er. „Deine Füße sind ja ganz weiß!"

„Ja, mein Sohn", sagt Mutti. „Bring schneller Schnee."

Heinzchens Großmutter kommt zu uns. Auch andere Großmütter sind gekommen. Sie fragen Mutti lange aus. Mutti erzählt, daß die Kommission erst nach drei Tagen mit der Untersuchung angefangen habe, und daß dort sehr viele Leute waren, und es sehr lange gedauert hätte, bis alle untersucht waren. Am letzten Tag hatte Mutti gebetet und Gott versprochen: Wenn er es macht, daß die Kommission sie als untauglich anerkennen wird, geht sie noch an demselben Tag zu Fuß nach Hause. Als sie endlich an der Reihe war, sagte der Arzt zu ihr: „Du meine Liebe, wie kommst denn du noch mit deiner Krankheit hierher?" Mutti gab alles, was sie hatte, den Tanten, die dürftiger gekleidet waren, nahm deren Kleider und machte sich auf den Weg. Es war schon Abend, man warnte sie, sie solle nicht in die Nacht hinein bei so einem Frost gehen: Es gibt doch auch Wölfe. Mutti ging dennoch: Sie hatte es doch Gott versprochen. Den ganzen Weg hatte sie wieder gebetet, daß die Wölfe sie nicht anfallen. Und alles ging gut, sie ist glücklich angekommen. Nur die Füße sind ein bisschen...

Mit Muttis Beinen wird's immer schlimmer. Unten sind sie schwarz, oben weiß. Zwischen dem Schwarzen und dem Weißen ist ein roter Streifen. Der Streifen steigt mit jedem Tag höher. Mutti steht nicht mehr auf. Gestern war der Kolchosvorsitzende gekommen. Er schaute sich Muttis Beine an und begann zu schelten:

„Du bist wohl nicht bei Trost, Petrowna! Warum hast du mich nicht gleich gerufen? Du müsstest doch schon längst ins Krankenhaus…"

Das Großväterchen, das damals unsere Mutti ins Rayonzentrum gefahren hatte, kommt wieder zu uns. Es wird Mutti ins Krankenhaus fahren. Dort wird man ihr die Beine heilen, dann kommt sie wieder zurück.

Heinzchens Großmutter und Großväterchen Semjonytschs Großmütterchen ziehen Mutti an und wickeln sie ein, damit es ihr unterwegs nicht kalt wäre. Dann tragen sie alle zusammen Mutti auf den Schlitten. Wir begleiten Mutti bis auf die Straße. Wir weinen nicht: unsere Mutti wird ja bald zurückkommen.

Mutti ist schon lange, lange weg. Ich ziehe unsere Filzstiefel an und gehe ein bisschen spazieren. Auf der Straße ist es schön: viel Schnee und nicht kalt.

Auf dem Weg stehen zwei Tanten. Sie sprechen miteinander russisch. Ich gehe an ihnen vorbei.

„…sie hätte doch einwilligen können", sagt die eine.

„Ach, vielleicht ist es so auch besser", sagt die andere. „Was wäre das für ein Leben ohne…"

„Guten Tag, Tanten!" grüße ich sie.

„Guten Tag, liebes Kind!" Eine der Tanten beugt sich zu mir herab, nimmt mich auf den Arm und küsst mich.

„Nicht doch!" will ich wieder 'runter. „Ich bin doch schon groß!"

„Ach du mein Herzliebster!" sagt die Tante. „Na, geh nur, geh." Sie küsst mich noch einmal auf die Backe und stellt mich auf den Boden.

„Mutti ist schon so lange fort", möchte ich noch ein bißchen mit den Tanten sprechen. „Ich sehne mich so nach ihr."

„Ja, Bubi, natürlich doch."

Eine Tante wischt sich Tränen aus den Augen. Wahrscheinlich regt sie sich darüber auf, daß ich mich so nach Mutti sehne. Sie tut mir leid. Ich beruhige sie:

„Na, sie muss ja schon bald kommen. Sobald ihre Beinchen wieder gesund sind", sage ich, wie es mir Arno immer sagt.

„Gewiss, Kleiner, gewiss. Du bist ein ganzer Prachtkerl."

Ich gehe weiter. Ich bin stolz – ich bin ein Prachtkerl.

3. Maria

Im Rayonzentrum steht ein großes Haus. Dort wohnen nur Kinder. Kinder gibt es dort viele, viele. Sie spielen dort mit verschiedenem Spielzeug. Sie haben so viele schöne Spielsachen. Auch gibt man dort dreimal am Tage zu essen. Suppe gibt es und Brei, auch Brot. In diesem Haus ist es schön.

Großväterchen Semjonytsch fährt uns in dieses Haus. Er sitzt vorne im Schlitten. Neben ihm sitzt Otto. Er ist der kleinste. Dann Elsa. Dann ich. Ganz hinten sitzt Maria, damit ich nicht aus dem Schlitten falle. Uns gegenüber sitzen noch vier Kinder. In der Mitte sitzt ein Knabe.

Wir fahren vorläufig ohne Arno. Arno wird später kommen, er hat es versprochen. Dann wird er mit uns wohnen.

Wir sind schon lange unterwegs. Wir fuhren los, als es noch halbdunkel war, und jetzt ist es wahrscheinlich schon Mittag. Uns ist es wieder kalt geworden. Großväterchen Semjonytsch hält das Pferd an.

„Los, ein bisschen laufen", sagt er.

Wir klettern aus dem Schlitten auf den Weg. Großväterchen Semjonytsch steigt auch aus dem Schlitten und geht neben ihm her. Er eilt schnell vorwärts und ruft uns zu:

„He-je! Holt mich mal ein! Na, wer wird der erste sein?"

Wir laufen auf dem Fahrweg. Wenn man läuft, wird es warm. Wir laufen, fallen, stehen auf, laufen weiter. Ich falle am Straßenrand direkt auf einen Hügel. Ich will aufstehen, stemme meine Hände gegen den Hügel auf, darunter ist etwas Festes drin. Ich harke im Schnee. Ein Kindergesicht öffnet sich.

„Maria!" schreie ich. „Da ist ein Knabe!"

Alle kommen auf mich zu. Maria harkt Schnee vom Hügel. Zwei weitere Mädchen liegen neben dem Jungen. Alle kuschelten sich zusammen. So müsse es ihnen wohl wärmer sein. Großväterchen Semjonytsch bekreuzigt sich, dann schüttet wieder den Schnee auf die Kinder auf. Wir setzen uns wieder in den Schlitten und fahren weiter.

Wir fahren aus dem Wald heraus und kommen in ein großes, großes Dorf. Im Dorf gibt es viele, viele Häuser und auch viele Leute. Das ist wahrscheinlich schon das Rayonzentrum.

Wir fahren an ein langes, langes Haus heran. Großväterchen Semjonytsch bindet das Pferd an der Außentreppe an und lässt uns alle aus dem Schlitten steigen. Dann führt er uns ins Haus hinein. Dort kommt uns eine Tante entgegen.

„Ach, du lieber Gott!" sagt sie Großväterchen Semjonytsch. „Wer schickt denn sie uns zu? Wir können sie doch nicht aufnehmen. Gestern kamen sieben, sie waren größer. Gingen den ganzen langen Weg zu Fuß, alle erfroren. Und wir haben schon keinen Platz mehr. Was soll ich denn mit euch machen?" Sie geht irgendwohin fort.

Im Zimmer ist es warm. Wir ziehen uns aus und setzen uns auf eine lange Bank. Wir haben Hunger und wollen schlafen. Großväterchen Semjonytsch setzt sich zu uns. Er schweigt und raucht.

Die Tante kommt zurück.

„Gut", sagt sie. „Drei kann ich noch nehmen. Die anderen bring etwas später. So ungefähr nach zwei Wochen. Vielleicht werden Plätze frei: Viele sind sehr schwach... Nehmen wir erst die Kleinsten."

Sie wählt Otto, Elsa und mich aus.

„Aber Mariechen?" frage ich.

„Sie kommt später", sagt die Tante. „Das nächste Mal."

Ich gehe zurück zu Maria. Ich werde mit ihr sein. Ich komme lieber das nächste Mal mit. Anstatt meiner nimmt die Tante den Knaben, der im Schlitten in der Mitte saß.

Jeder von uns bekommt einen Teller heißer Kartoffelsuppe und ein bisschen Erbsenbrei. Lecker! Wahrscheinlich gibt man hier den Kindern immer so gutes Essen. Ja, es wäre schön, hier bleiben zu dürfen. Doch nach dem Essen ziehen wir uns wieder an und fahren zurück.

Zurückfahren ist schwerer. Es dunkelt schon, und es ist kalt. Besser, ich wäre in jenem Haus geblieben. Dort ist es warm. Und man bekommt Suppe. Jetzt aber kommen wir zurück und haben nichts zu essen.

Nein, ich durfte nicht bleiben. Soll denn Mariechen allein zu Hause sitzen, wenn Arno auf die Arbeit geht? Auch Arno würde es langweilig ohne mich sein. Er hatte doch selbst gesagt, daß er bald zu uns kommt, weil es ihm ohne uns langweilig sein wird. Das muss jetzt für ihn eine Freude sein, wenn wir kommen! Wir klettern dann auf den warmen Ofen und werden alle drei dort schlafen. Zusammen!..

Ich war wahrscheinlich eingeschlafen. Der Schlitten wurde heftig vorwärts gerissen. Ich bin sogar auf die Seite gefallen. Ich will mich auf Mariechen stützen und wieder aufrichten, doch sie ist nicht da.

„Wo ist denn Mariechen?" will ich fragen. Da höre ich hinter uns vom Wege her einen lauten, lauten Schrei. Der Schrei bricht jäh ab, und jetzt ist nur zu hören, wie es dort laut knurrt und winselt, als rauften sich dort viele Hunde.

Das Pferd schnaubt und läuft schnell, schnell. Großväterchen Semjonytsch steht im Schlitten auf den Knien, peitscht pausenlos aufs Pferd ein und schaut immer wieder zurück. Der Schlitten schleudert von einer Seite zur anderen. Großväterchen Semjonytsch schubst uns nach vorne, selbst rückt er nach hinten. Neben ihm liegt eine Flinte.

Vorne schimmern einige Lichter. Das ist doch wohl schon unser Dorf. Die Lichter kommen immer näher. Weit hinten sind auch Lichter. Es sind ihrer viele. Wir fahren schnell von ihnen weg, doch aus irgendeinem Grunde nähern sie sich doch. Sie sind schon ganz nahe.

Aber das sind doch Hunde! Und wie viele!

Großväterchen Semjonytsch schießt zweimal nach hinten. Die Hunde springen vom Wege und laufen von beiden Seiten auf uns zu. Der Mond scheint, und der Schnee, aufgewühlt von ihren Pfoten, glitzert.

Großväterchen Semjonytsch nimmt seine große Pelzmütze ab und wirft sie rückwärts. Die Hunde springen wieder auf den Weg. Wieder höre ich, wie sie laut knurren und zanken. Während sie sich raufen, sind wir schon weit.

Nun sind wir schon im Dorf. Großväterchen Semjonytsch fährt uns schnell zu seinem Haus, stoßt alle auf die Eingangstreppe, ladet dann wieder seine Flinte. Schon im Hause, hören wir noch zwei Schüsse. Dann kommt auch er hinein.

„Was ist passiert?" fragt erschrocken das Großmütterchen.

„Wölfe, der Teufel soll sie holen", sagt Großväterchen Semjonytsch. „Sind kaum entkommen. Petrownas Kleine ist aber rausgefallen."

Mir wird es plötzlich warm, sehr warm. Wahrscheinlich wohl, weil ich in der Stube und angezogen bin. Nein, nicht deswegen. Denn auch früher bin ich in der Stube angezogen gewesen, doch so war's mir noch nie. Mir ist es warmschwer. Nein, schon nicht mehr so. Mir ist es warmleicht. Weil alles von mir abfällt. Ich habe schon nichts mehr: keine Hände, keine Beine, nichts. Wahrscheinlich ist von mir nur die Seele geblieben. Bin ich vielleicht schon tot? Doch warum fliegt dann meine Seele nicht zum Himmel? Meine Seele fällt. Doch mir ist es nicht bange: Ich falle auf etwas Weiches. Ich falle wie auf Watte. Ja, ich sinke auf Watte nieder, auf weiße, weiche Watte. Nein, das ist keine Watte, das ist doch Schnee. Da ist auch der Weg. Beiderseits des Weges laufen immer noch die Hunde über den Schnee. Nein, das sind doch keine Hunde. Das sind Wölfe. Großväterchen Semjonytsch hat ja gesagt, es seien Wölfe. Die Wölfe laufen beiderseits des Weges, und der Schnee, aufgewühlt von ihren Pfoten, glitzert im Mondschein.

Und dort auf dem Weg sind auch noch Wölfe. Sie haben sich zum Haufen zusammengedrängt und raufen sich. Sie fressen Mariechen!

„A-a-au!" schreit Mariechen. Mir tut es auch weh. Ich schreie auch. Nein, ich schreie nicht, ich will nur schreien, doch ich kann nicht. Ich komme auch nicht von der Stelle. Nicht einmal die Hände oder Beine bewegen kann ich. Ich schaue nur, wie die Wölfe Mariechen verschlingen. Ein Wolf hat sie mit den Zähnen am Gesicht gepackt. A-a-au, wie weh das tut! Ich versuche, mein Gesicht loszureißen, sehe aber nur gelbe Zähne und eine rote Zunge. Ich drücke die Augen zu, um nichts zu sehen. Die Wölfe aber knurren, raufen sich und nagen an irgendwas. Sie nagen an Mariechens Knochen! Ich kann es nicht mit anhören, wie sie an den Knochen nagen! Ich stopfe die Ohren zu, höre aber doch alles. Ich spüre, wie scharfe Zähne meine Knochen ritzen. Beiderseits des Weges aber laufen und laufen, weich und lautlos, andere Wölfe, und noch glitzert der Schnee, aufgewirbelt von ihren Pfoten, hier aber knurren und raufen sich die Wölfe, raufen sich und knurren...

Wohin ist das alles entschwunden? Jetzt ist es einfach dunkel. Und ganz still. Neben mir atmet jemand. Vielleicht sind die Wölfe davongelaufen, und neben mir atmet Mariechen?

„Mariechen", rufe ich.

Nein, nicht ich rufe. Ich will nur rufen, es ruft aber jemand anderer an meiner statt, denn das ist nicht meine Stimme.

„Fritzchen, bist wohl erwacht?" höre ich Arno fragen.

„Und wo ist Mariechen?" frage ich.

„Großmütterchen, Großmütterchen!" ruft leise Arno. „Fritzchen ist zu sich gekommen."

„Zu sich gekommen?" erkenne ich die Stimme von Großväterchen Semjonytschs Großmütterchen. „Na, Gott sei Dank! Gleich, ich zünde nur das Licht an."

Ein Bett knarrt. Also bin ich zu Hause? Aber wir haben doch kein Bett. Schon längst, noch als Friedrich Karlowitsch gestorben war, hat Mutti das Bett zu Großväterchen Semjonytsch zurückgebracht.

Es wird hell. Ich liege auf dem Ofen. Doch das ist nicht unser Ofen: Die Wand ist auf der anderen Seite. Neben mir sitzt Arno.

„Arno, wo ist denn Mariechen?" frage ich.

„Willst du essen?" fragt Arno.

Ich will nicht essen. Ich will trinken.

„Gleich, mein Kleiner, gleich gebe ich dir ein bisschen Milch", sagt das Großmütterchen.

Sie reicht mir einen Becher. Ich will den Becher nehmen, kann mich aber nicht setzen. Auch den Becher kann ich nicht halten. Arno nimmt den Becher, hilft mir hoch und gibt mir zu trinken.

Ich habe mich nicht satt getrunken, ich will noch.

„Nein, du darfst nicht, Kleiner", sagt das Großmütterchen. „Drei Tage hast du nichts im Munde gehabt, dein Magen ist wahrscheinlich schon ganz zusammengeschrumpft. Gedulde dich ein bisschen, dann gebe ich dir noch..."

„Na, Fedjka, am Leben?" erscheint aus dem Zimmer Großväterchen Semjonytsch. Er ist in Unterhosen, sein Bart hängt schief zur Seite.

„Am Leben, Gott sei Dank", sagt die Großmutter.

„Bist du aber ein Prachtkerl", freut sich Großväterchen Semjonytsch. „Los, werde schneller gesund, ich mach dir auch Schier und nehme dich dann in den Wald mit."

Ich wollte schon lange Schier haben, auch in den Wald mit Großväterchen Semjonytsch wollte ich gehen. Jetzt will ich aber nicht in den Wald. Ich will auch keine Schier. Ich will jetzt gar nichts mehr.

4. Arno

Arno will wegfahren. Er will unseren Großvater und unsere Großmutter aufsuchen, Mutti ihren Großvater und ihre Großmutter. Sie kamen in ein anderes Dorf, sagte mal Mutti, weil in unserem Zug für sie schon kein Platz mehr war. Mutti hatte damals noch gesagt, daß das sehr weit sei. Das sei dort, wo Kasachen wohnen.

Arno sagt niemandem, daß er wegfahren will. Denn den Deutschen ist es nicht erlaubt, von hier wegzufahren. Wenn man Arno festnimmt, wird es ihm schlecht gehen. So hatte er selbst gesagt.

Arno weiß nur nicht, was er mit mir anfangen soll. Er wollte Heinzchens Großmutter bitten, mich zu sich nehmen, bis man mich in einem Kinderheim unterbringt. Ich will aber nicht zu Heinzchens Großmutter. Ich will zu Großväterchen Semjonytsch.

„Gut", sagt Arno. „Aber nur keine Tränen, wenn ich fortgehe. Abgemacht?"

„Abgemacht", verspreche ich.

Wir gehen zu Großväterchen Semjonytsch.

„Großväterchen Semjonytsch", sage ich. „Nimm mich bitte zu dir."

„Was ist denn los?" fragt Großväterchen Semjonytsch Arno.

Arno erzählt ihm, daß er unseren Großvater und unsere Großmutter aufsuchen will.

„Wo willst du denn jetzt hin, mein Kind, bei solcher Kälte?" sagt Großväterchen Semjonytschs Großmütterchen. „Warte doch wenigstens bis zum Sommer."

Großväterchen Semjonytsch sagt nichts. Er denkt lange nach und wackelt mit dem Kopf.

„Großväterchen Semjonytsch", sage ich. „Nimm mich bitte. Ich werde dir helfen. Ich werde dir Socken stricken. Und auch der Großmutter. Und auch deutsch sprechen werde ich dich lehren."

Großväterchen Semjonytsch setzt mich auf seine Knie. Ich streichele seinen Bart.

„Na gut, Fedjka", sagt er endlich. „Soll's so sein, bleib hier."

Ich bin froh. Ich umarme Großväterchen Semjonytsch aus allen Kräften!

Großväterchen Semjonytschs Großmütterchen hat im gusseisernen Topf Pellkartoffeln gekocht. Sie tut sie in ein Beutelchen hinein. Dann wickelt sie Salz in ein Läppchen und legt auch das in das Beutelchen. Das ist für Arno auf den Weg. Das Großmütterchen hat schon alles hineingelegt, doch der Beutel ist immer noch halbleer. Sie überlegt ein wenig. Dann klettert sie auf den Ofen, füllt eine große Schöpfkelle mit Sonnenblumenkernen und schüttet diese in das Beutelchen. Jetzt ist es fast voll. Sie bindet es zu, lässt sich auf die Bank nieder und wischt sich mit dem Rockzipfel die Augen.

„Du lieber Gott, was haben sie denn getan, daß du sie so schwer..." seufzt sie, dreht sich dann der Ikone zu und bekreuzigt sich schnell einige Male.

Arno ist bereits angezogen. Er bindet eine Schnur an die Beutelenden, wirft sich den Beutel über die Schulter und steckt die Arme in die Tragriemen.

„Fertig", sagt er. „Danke schön, Großväterchen!" reicht er Großväterchen Semjonytsch die Hand. „Danke schön, Groß-mütterchen!" küsst er sie auf die Wangen. „Auf Wiedersehn. Ich komme bald nach Fritzchen."

Arno wendet sich zu mir.

„Auf Wiedersehn, Fritzchen. Sei gehorsam."

Ich vergesse alles, was wir verabredet haben. Ich springe von Großväterchen Semjonytschs Knien und laufe zu Arno. Ich umfasse seinen Hals und breche in lautes Weinen aus.

„Geh nicht fort, Arno", flehe ich. „Brüderchen, geh doch nicht fort! Ich hab doch niemand mehr!"

Arno umarmt mich fest. Auch er weint.

„Ich komme bald zurück, Fritzchen", sagt er. „Ich suche nur Großvater und Großmutter auf, dann komme ich nach dir."

„Nein", sage ich. „Vati wollte auch wiederkommen, kam aber nicht mehr. Auch Mutti ist nicht gekommen. Und auch du wirst nicht zurückkommen."

„Ich komme bestimmt, Fritzchen", sagt Arno. „Ich suche nur Großvater auf. Unseren Großvater."

„Ich will unseren Großvater nicht. Unser Großvater wird auch fortgehen und nie mehr wiederkommen. Ich will bei Großväterchen Semjonytsch bleiben."

Arno stellt mich auf den Fußboden und will sich aus mei-nen Händen befreien. Doch ich klammere mich nur noch fester an ihn.

„Nein!" schreie ich, „nein!"

Arno setzt sich mit mir auf die Bank. Wir weinen beide. Dann nimmt er die Mütze ab, knöpft seinen Mantel auf.

„Arno, du bleibst?" frage ich.

„Ich bleibe", sagt Arno und drückt mich fest an sich.

Ich umarme ihn aus allen Kräften. Ich bin so froh, daß Arno bleibt. Arno ist gut. Und er ist mein Bruder. Ich liebe ihn. Ich liebe ihn so, wie ich niemand mehr auf der Welt liebe!

In der Nacht schlafen wir nebeneinander auf dem Ofen. Ich umarme Arno, und er umarmt mich. Wir flüstern lange miteinander. Er erzählt mir Märchen.

Am Morgen, als ich erwache, ist Arno nicht mehr neben mir. Auch sein Mantel ist nicht da.

„Arno!" rufe ich. „Arno!"

Hinter dem Ofen kommt Großväterchen Semjonytschs Großmütterchen hervor. Sie hat irgendwas auf dem Teller.

„Wo ist Arno?" frage ich.

„Weine nicht, Kleiner", sagt die Großmutter. „Ich habe dir da Kartoffelpuffer gebacken, komm, iss, sie sind noch heiß."

Ich springe auf den Fußboden hinunter und laufe barfuß auf die Eingangstreppe.

„Arno-o!" rufe ich so laut, wie ich nur kann.

Ringsum bleibt alles still. In der Nacht hat es geschneit. Von Großväterchen Semjonytschs Eingangstreppe führen frische Fußtapfen zu unserem Häuschen hinüber. Dort biegen sie auf den Pfad ab, vorbei an der Stelle, wo Vaters Fußtapfen war, und führen dann weiter auf die Straße. Sie ziehen sich fort in der Richtung, in der Vati fortgefahren wurde, in der man Mutti fortgefahren hat, von der Mariechen nicht zurückgekehrt ist.

„Arno, mein Brüderchen, und ich?" flüstere ich leise und spüre, daß meine Tränen eisig kalt sind.

Zwei große Hände decken meine Schultern zu.

„Komm, Fedjka, in die Stube", sagt Großväterchen Semjonytsch. „Es ist kalt."

5. Nur eine dunkle Fahne über dem Wasser

Mir ist es auch wirklich kalt. Großväterchen Semjonytsch führt mich in die Stube. Ich zittere am ganzen Leibe. Sogar meine Zähne klappern.

„Da, trink ein bisschen Milch und iss paar heiße Kartoffelpuffer", sagt das Großmütterchen und setzt mich an den Tisch.

Der Becher zittert in meinen Händen. Die Zähne klappern an den Becher. Der Becher ist sehr schwer. Ich kann ihn nicht mehr halten. Ich kann auch nicht mehr sitzen.

„Lieber Gott, schon wieder", höre ich das Großmütterchen sagen.

Man hebt mich auf und trägt irgendwohin. Man trägt mich auf den Schnee, denn es wird mir noch kälter. Ja, auf den Schnee. Auf den frischen Schnee, der erst gefallen ist. Da sind auch noch Arnos Fußtapfen... Arnos Fußtapfen? Also ist Arno auf diesen Fußtapfen fortgegangen? Na ja doch. Und wenn ich jetzt auf diesen Fußtapfen gehe, dann werde ich Arno einholen. Ich muss nur schneller gehen. Ich muss laufen. So, schneller, schneller... Wie gut die Fußtapfen zu sehen sind! Warum bin ich nur nicht gleich Arno nachgeeilt? Ich hätte ihn schon längst eingeholt.

Wenn man läuft, wird es einem warm. Als wir ins Rayonzentrum gefahren waren, hatten wir uns auch so gewärmt. Es ist mir nicht mehr kalt. Es ist mir schon ganz heiß. Ich bin sogar schon ganz verschwitzt. Doch ich muss laufen, ich muss Arno einholen. Nur sind seine Fußtapfen nicht mehr zu sehen. Das ist, weil aller Schnee aufgetaut ist. Der Schnee ist getaut, weil die Sonne scheint. Die Sonne scheint hell. Und der Weg ist schon ganz trocken. Ich laufe und laufe auf diesem Weg, denn diesen Weg entlang ist Arno fortgegangen. Wie lange laufe ich schon? Wahrscheinlich einen ganzen Tag. Nein, mehr: der Schnee ist längst getaut, und überall ist es trocken.

Aber wo bin ich denn? Wo bin ich denn hingelaufen?

Ei, das ist doch eine Anlegestelle! Das ist doch die Anlegestelle bei uns zu Hause an der Wolga, wo man uns alle eingeschifft hatte, um uns bis zur Eisenbahnstation zu bringen und dort in einen Zug zu setzen. Man hat uns eingeschifft, und als das Schiff abging, stimmten alle ein Lied an und weinten. Auch die Russen, die am Ufer standen und zu uns hinüberblickten, fingen an zu weinen. Nur die Soldaten mit Gewehren, die uns bewachten, damit wir alle gut auf das Schiff kommen, weinten nicht. Weil sie echte Soldaten und rote Kommandeure sind, die nie weinen. Sie hielten nur die Köpfe gesenkt, um das Lied besser zu hören.

Ich höre auch jetzt dieses Lied! Es singt sich irgendwoher selbst...

Nein, es singt sich nicht selbst. Es ist einfach noch von damals, von unserer Abfahrt hier geblieben. Natürlich doch, es wurde ja zum Ufer hin gesungen, also blieb es auch am Ufer.

Aber was stehe ich denn so lange da? Warum laufe ich nicht nach Hause? Unsere Straße ist doch nicht weit von hier... Na ja, hier ist sie ja schon, unsere Straße. Und auch unser Haus. Ich habe es sofort wieder erkannt! Weil es ganz rot ist. Es ist genau so, wie es Mariechen malte.

Dort ist auch der Brunnen mit der Winde im Hof. Und neben dem Brunnen steht ein Bottich. In diesen Bottich goss Vati am Morgen Wasser, und am Tag badete sich Arno darin. Na ja, er badet auch jetzt darin. Auch Robert, mit dem er in die Schule geht, badet mit ihm. Sie haben nur eine Badehose an und sind ganz nass. Sogar der Beutel auf Arnos Rücken ist nass. Sie aber übergießen einander immerfort mit Wasser und lachen, lachen.

Und dort auf der Eingangstreppe sitzt Mariechen. In der Hand hat sie ein großes Stück rotes Brot mit Butter. Sie isst das Brot und schaut auf unsere Meta. Meta reibt sich an der Ecke. Also haart Meta, und wir werden mit Arno einen Ball walken.

Und welch große Stücke Zucker hat Mariechen auf dem Brot! Also hatte sie damals die Wahrheit gesagt. Ich aber dachte, daß sie spinnt.

Ja, warum sitzen denn aber alle so, als wäre auch ich daheim? Ich bin doch nicht da, sie aber machen sich um mich gar keine Sorgen. Mich kann doch ein Hund gebissen oder der Gemeindebulle gestoßen haben.

Vielleicht aber haben sie mich gesucht und nicht gefunden? Denn ich war weit: so lange bin ich doch gelaufen...

Gut, ich gehe selbst in den Hof hinein. Nein, lieber rufe ich, sollen sie mich suchen.

„Ar-no!" rufe ich.

Arno hört auf zu lachen. Er schaut sich um. Doch ich habe mich hinterm Tor versteckt, und er sieht mich nicht.

Ich laufe in den Hof hinein.

„Hier bin ich!" rufe ich laut und laufe zu Arno. „ Ich habe dich eingeholt! Ich habe dich eingeholt!"

„Mutti!" ruft Arno. „Fritzchen ist gekommen!"

Aus dem Haus eilt Mutti. Also hat man ihr die Beine schon geheilt, und sie ist gleich nach Hause gegangen?

„Mein Kleiner!" sagt Mutti, nimmt mich auf den Arm und küsst mich, und weint. „Wo warst denn du so lange? Na, komm schneller zu Vati, auch er wartet."

Also ist auch Vati hier? Mutti war also doch zu Vati gekommen, und sie gingen dann zusammen nach Hause? Wie schön!

Wir gehen ins Haus.

„Fritz", sagt Mutti. „Schau mal, wer da gekommen ist!"

„Na, wer mag denn das sein?" fragt Vati. „Oh, ist das nicht unser Fritzchen? Aber ja doch!" Vati hockt sich nieder und breitet weit die Arme aus. „Na, schnell!"

Ich laufe stracks in Vatis Arme. Vati greift mich unter die Arme und hebt mich hoch, hoch, fast bis zur Decke, so daß mir ist, als ersterbe mir etwas unterm Bauch.

„Na, drück mich mal!" sagt Vati.

Ich habe Vati schon lange nicht gedrückt. Und ich bin schon groß und stark. Ich werde ihn jetzt so drücken, daß er gleich „au" rufen wird.

Ich umarme Vatis Hals und drücke ihn aus allen Kräften an mich. Vati macht sogar die Augen zu. Und sagt sofort:

„Au, Fritzje, lass mich los! Du bist ja so stark geworden! Wahrscheinlich kann man dich schon bald in die Schule mitnehmen."

Ich freue mich: ich wollte schon längst mit Vati in seine Schule gehen.

Vati lässt sich mit mir auf den Fußboden nieder. Also werden wir jetzt miteinander ringen. Ich ringe gern mit Vati. Wenn ich beim Mittagessen alles aufaß, was Mutti mir auf den Teller legte, besiegte ich Vati immer. Heute aber wird wahrscheinlich Vati siegen, denn ich habe schon lange nicht zu Mittag gegessen.

Doch da kommt Arno herein. Er sagt:

„Vati, ich wollte mit Fritzchen ein bisschen im Bottich tauchen. Dürfen wir?"

„Na, geht nur", sagt Vati. „Wir werden dann später ringen."

Ich tauche gern im Bottich, und wir laufen mit Arno auf den Hof hinaus.

Auf dem Hof sehe ich aber viele, viele Leute. Ich habe noch nie so viele Leute gesehen. Doch siehe, ich kenne sie ja alle!

Rechts im Hof sind nur Kinder. Sie sitzen und stehen in großen Gruppen da. Und in jeder Gruppe sitzt in der Mitte mein Vati.

Und links sitzen und stehen Erwachsene. Es sind ihrer auch sehr viele, und auch diese kenne ich alle. Dort ist ja auch unser Opa. Er sitzt auf seinem Pferd, in einer Hand hält er hoch eine rote Fahne, in der anderen unten einen Säbel. Und vom Hals hängt ihm ein abgeschnittener Strick herab. Das Strickende hat sich gelöst und reicht bis an den Säbelgriff.

Ich schaue zurück. Vati brachte einen Stuhl mit hoher Lehne auf die Eingangstreppe heraus. Er sitzt hoch aufgerichtet auf dem Stuhl und schaut mich an. Neben ihm steht Mutti, die Hand auf seine Schulter gelegt, und schaut mich ebenfalls an. Sie schauen auf mich und lächeln. Also hatten sie alle diese da zu Gast geladen? O wie fein!

Wie heiß es aber ist! Das ist, weil die Sonne so brennt. Die Sonne brennt, daß sogar der Kopf weh tut. Und es ist schwer zu atmen. Ich atme mit vollem Mund, und dennoch reicht es nicht. Auch im Mund ist es ganz trocken, und die Zunge fühlt sich an wie rohe Kartoffelschalen.

„Trinken", sage ich heiser.

Großväterchen Semjonytschs Großmütterchen gibt mir Wasser. Sie legt ihre Hand auf meine Stirn und sagt:

„Du lieber Gott, er brennt ja am ganzen Körper!"

Dann verschwimmt sie langsam und ist wieder weg.

Die Sonne brennt immer noch so. Nur den Füßen ist es kühler geworden. Wahrscheinlich deshalb, weil das Wasser, das ich getrunken habe, in die Füße geflossen ist.

Nein, das ist, weil die Erde auf dem Hof kühl ist. Sie ist kühl, weil sie feucht ist. Wahrscheinlich haben Arno und Robert den Hof besprengt, damit es nicht so staubig ist.

Aber nein, auch nicht deswegen. Es ist, weil unser Hof in die Wolga vorrückt. Er geht immer weiter in sie hinein. Unser Hof ist wie ein großes, großes Tablett. Nur ist bei ihm der Boden aus Erde, und als Rand dient der Zaun.

Nun liegt unser Hof schon ganz auf dem Wasser. Wie schön! Unser Hof schwimmt auf dem Wasser wie ein Schiff!

Hier, auf der Wolga, scheint die Sonne noch greller und heißer. Sogar das Schauen tut weh, und der ganze Himmel ist in Kreisen, in bunten und schwarzen. Aus diesen Kreisen fallen Schneeflöckchen. Die Schneeflöckchen fallen geradewegs ins Wasser. Und im Wasser werden daraus silberne Fischchen.

Aber nein, das sind doch keine Fischchen. Das sind ja Kamelchen! Es sind kleine silberne Kamelchen! Fällt ein Schneeflöckchen ins Wasser, gluckst aus dem Wasser ein

Kamelchen. Es streckt den langen Hals hoch, schüttelt sich das Wasser ab und geht dann auf dem Wasser neben dem Hof her. Die Schneeflöckchen fallen dicht, so dicht, und über das ganze Wasser schreiten langsam, den Kopf hoch, kleine Kamelchen. Wie schön das doch ist!

Aber was ist denn das dort, hinter dem Zaun? Dort fährt ein Wagen. Ein Wagen fährt auf dem Wasser? Na ja doch, direkt auf dem Wasser. Das Wasser ist so eben und glatt, und der Wagen rollt leicht darüber hinweg. Er rollt herbei zu unserem Tor.

Aber wer ist denn da vor den Wagen gespannt? Ei, das ist ja Tante Ida! Sie stemmt sich mit ihren alten Filzstiefeln an das Wasser und schleppt den Wagen an den Deichseln. Aus den Löchern in den Filzstiefeln schauen bunte Lappen heraus. Tante Ida schleppt den Wagen und hebt dabei langsam ihre Beine mit den Filzstiefeln nach hinten und seitwärts, immerzu nach hinten und seitwärts.

Und wer sitzt bei ihr hinten auf dem Wagen? Das ist doch auch Tante Ida! Wie interessant: Tante Ida fährt sich selbst.

Jene Tante Ida, die auf dem Wagen sitzt, schaut her zu mir. Sie schaut mich an, lächelt schlau und winkt mich mit dem Finger zu sich. Wozu ruft sie mich? Will sie mit mir die Filzstiefel tauschen? Aber ich habe doch keine Filzstiefel an, ich bin doch barfüßig.

Oder will sie, daß ich unseren Hof verlasse? Meint sie, daß ich ohne unseren Hof sein kann? Ohne unseren Hof, wo meine Mutti lebt, und mein Vati, und Arno, und Maria, und alle, alle, die ich liebe? Wie kann ich sie alle verlassen? Auch bin ich doch schon groß und muss jetzt helfen, den Hof in Ordnung halten... Was denkt sich denn Tante Ida?

Vielleicht aber will auch sie in unseren Hof und ruft mich, da ich ihr das Tor aufmache? Aber das Tor darf man doch nicht öffnen, durch das Tor wird Wasser hereinströmen, und unser Hof wird dann untergehen. Weiß sie das? Will sie das? Wozu ruft sie mich denn?

„Wozu rufst du mich?" frage ich, doch sie schweigt.

Da merke ich, daß unser Hof schon weit, weit vom Ufer in der Wolga ist... Aber nein, das ist wohl schon nicht mehr die Wolga! Gewiss ist das nicht die Wolga! Das ist ein anderes Gewässer. Denn nirgends ist ein Ufer zu sehen. Überall nur Wasser. Wo segeln wir denn? Und wohin segeln wir?

Ja, aber wie werde ich denn jetzt zurücklaufen? Ich will doch zu Großväterchen Semjonytsch und seinem Mütterchen laufen. Ich will zu ihnen laufen, um sie hierher zu bringen, damit auch sie hier seien, mit uns. Ich will, daß sie mit uns sind, weil ich sie so lieb habe. Auch Tante Dascha habe ich lieb: sie ist gut, sie bringt allen schwarze Kopftücher; soll auch sie mit uns sein. Auch der Vorsitzende, der uns Kartoffeln gegeben hat, soll mit uns sein. Ich werde sie alle herbringen. Und wir werden alle zusammen leben auf einem Hof. Und allen wird es gut gehen.

Bloß wie soll ich jetzt nach ihnen laufen? Wann wird denn unser Hof wieder ans Ufer kommen und seinen Platz einnehmen?

Der Wagen, den Tante Ida zieht, steht schon vor dem Tor. Tante Ida, die auf dem Wagen sitzt, winkt mich wieder mit dem Finger zu sich. Jetzt lächelt sie nicht mehr. Sie schaut auf mich mit grauenhaftem Blick.

„Nein! Ich werde das Tor nicht auftun!"

Dann klopft die andere Tante Ida, die den Wagen zieht, mit dem gekrümmten Finger unerbittlich an das Tor: tuk-tuk-tuk. Ich schüttele den Kopf: nein. Und wieder klopft sie: tuk-tuk-tuk. Jetzt schauen mich schon beide Tante Idas mit grauenhaften Blicken an. „Nein!" will ich schreien. „Nein!".

Doch ich kann nicht schreien. Ich kann mich nicht mal rühren, weil mir so furchtbar bange ist, daß es mir kalt den Rücken hinunter läuft und sich die Haare auf dem Kopf bewegen.

„Nein!" schreie ich ohne Stimme, doch jetzt treten beide Tante Idas gleichzeitig mit den Füßen gegen das Tor, der Riegel springt ab, und das Tor öffnet sich weit. Ich sehe, wie der Wagen weiter rollt und wie beide Tante Idas auf mich mit bösem Lächeln schauen. Durch das Tor aber stürzt Wasser in unseren Hof. Es wirft mich um, spült mich durch den Hof, wirbelt mich herum und trägt mich zurück zum Brunnen. Samt Eimer rasselt es unter mir in den Brunnen, die Kette abwickelnd, ich aber schaffe es noch, mich mit den Händen an die Winde zu klammern, an der ich mich nun mit aller Kraft festhalte.

Von hier, von oben, kann ich alle sehen, die auf dem Hof sind. Das Wasser steigt immer höher, doch alle stehen nun da und schweigen. Warum schweigen sie? Man muss doch schreien, das Wasser läuft doch in unseren Hof! Warum stehen sie denn alle, tun nichts und schweigen?!

„Warum schweigt ihr denn alle?" schreie ich, aus letzten Kräften mich über dem Brunnen haltend. „Warum macht ihr denn nichts? Unser Hof geht doch unter!"

Doch mich hört wohl niemand, denn ich schreie ja ohne Stimme, weil ich irgendwie ganz stimmlos bin.

Ich schaue dorthin, wo die Kinder mit meinem Vati sind. Alle sind dort schon überflutet. Nur Vatis Kopf ist an einigen Stellen noch über dem Wasser. Vati schaut weit weg und schweigt auch.

Was aber ist denn das? Er hat ja eine Narbe auf der Stirn! Genauso eine, wie Friedrich Karlowitsch hatte. Wo hat er diese her?

Ich schaue zur anderen Seite. So eine Narbe haben ja alle, die sich auf unserem Hof befanden! Sogar bei den Kindern sind durch das Wasser kleine Narben zu sehen. Auch ich habe eine Narbe, ich sehe sie auch. Also deswegen können wir alle nichts machen! Sogar nicht einmal schreien können wir! Nur mein Großvater hat keine Narbe.

Alle stehen auf dem Hof und schweigen, das Wasser aber steigt immer höher und höher. Schon bedeckt es die Schultern, plätschert an die Gesichter, die nicht einmal zucken. Nun schauen nur noch die Augen unter dem Wasser hervor, auch wieder in weite Ferne. Jetzt verschwinden auch die Narben unter dem Wasser.

Es gibt keine Narben mehr. Es gibt überhaupt keine Narben mehr, weil niemand mehr da ist. Nur mein Opa ist über dem Wasser geblieben. Das ist, weil er auf dem Pferde sitzt. Mit der einen Hand hält er die rote Fahne hoch, mit der anderen – den Säbel.

Das Wasser aber strömt immerzu in den Hof. Auch ich bin schon ganz im Wasser. Die hölzerne Brunnenwinde hat sich aus der Angel gehoben, und ich schwimm mit ihr auf dem Wasser. Doch mich treibt es nicht fort, wahrscheinlich ist die Kette an der Brunneneinfassung hängen geblieben und lässt mich nicht von unserem Hofe weg.

Der Hof sinkt immer tiefer. Bald wird auch Opa überflutet sein, und dann werde ich ganz allein auf diesem Wasser bleiben. Was werde ich dann anfangen? Nein, ich will nicht allein sein. Ich will mit allen denen bleiben, die auf unserem Hof waren. Ja, ich will zusammen mit allen sein.

Mit allen? Also soll auch ich unter das Wasser? Ja, auch ich will untersinken. Ich brauch bloß die Winde loslassen. Auf diesem Wasser kann ich doch nicht schwimmen, ich gehe sofort unter. Und werde dann mit allen sein. Zusammen.

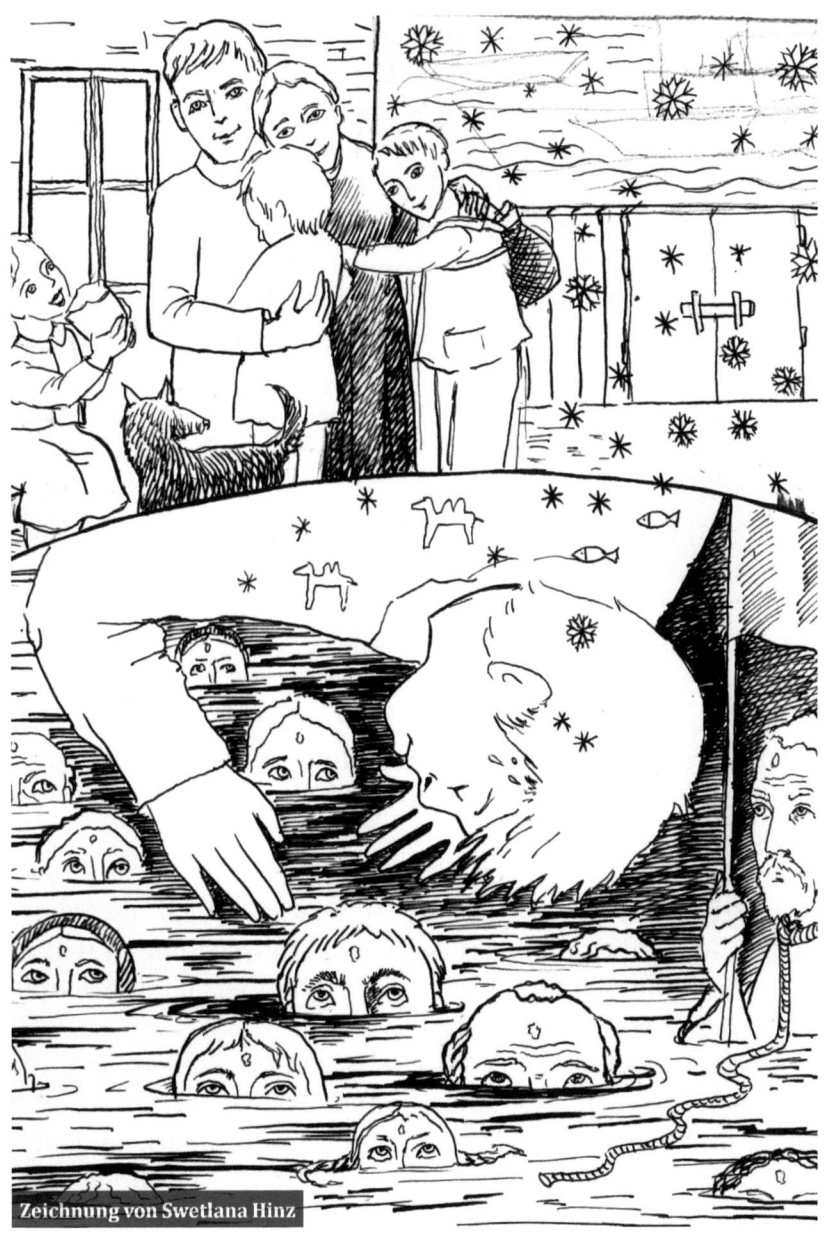

Zeichnung von Swetlana Hinz

Aber darf ich das tun? Ich bin doch der einzige, der von uns allen geblieben ist, und wenn auch ich unters Wasser komme, dann wird schon niemand mehr da sein. Sogar wissen wird niemand und sich erinnern, daß wir mal waren und daß wir auch unseren eigenen Hof hatten.

Doch wozu sich noch daran erinnern? Und warum soll allein ich noch da sein und daran denken? Ich kann es nicht mehr. Ich wollte schon alles vergessen, doch ich kann es nicht. Nichts kann ich vergessen. Aber auch sein, all das wissend, kann ich nicht.

Was, was soll ich denn nun machen? Ich bin schon so müde von allem. So viele Jahre bin ich gelaufen, zu unserem Hause, das nun unterm Wasser ist! So viele Jahre treibt es mich über anderen Wassern! Und so viele Jahre hindurch halte ich mich schon mit der letzten Kraft über dem Brunnen! Ich kann es, kann es nicht mehr. Ich will unters Wasser. Um zu vergessen. Und um nicht mehr zu sein.

Ich schaue auf Opa: Na, Opa, so sage mir doch, daß auch ich unters Wasser darf, zu den andern. Wozu noch warten? Und worauf warten? Sage mir doch, daß ich es darf. Opa, sag's doch. O bitte, Opa!

Ich schaue auf Opa. Ich schaue auf den Opa und sehe, daß der Strick an seinem Hals sich zu bewegen beginnt. Wahrscheinlich will Opa mir etwas sagen. Wahrscheinlich will er es mir erlauben! Jetzt wird er es mir erlauben, jetzt! Na, Opa, lieber, so sage doch etwas!

Doch Opa schweigt. Der Strick wird vom Wasser bewegt.

Das Wasser steigt immer höher. Jetzt bedeckt es schon Opas Kopf. Nun habe ich auch keinen Opa mehr. Und niemanden habe ich mehr. Nur der Strick schwimmt noch dort, wo mein Opa war.

Es dunkelt. Und es wird kalt. Das Wasser ist unten schon ganz kalt. Ich spüre es, denn der Hof sinkt immer tiefer, und die Kette zieht die Winde und mich mit sich in die Tiefe. Ich bin schon fast ganz unter Wasser.

Noch einmal schaue ich mich um. Über dem Wasser, dem dunklen Wasser ist nichts mehr. Nur eine dunkle Fahne. Unter ihr zuckt lautlos der Strick.

„Im Erlaß des Präsidiums des Obersten Sowjets der UdSSR vom 28. August 1941 «über die Umsiedlung der Deutschen, die im Wolgagebiet leben» wurden große Gruppen von deutschen Sowjetbürgern beschuldigt, den faschistischen deutschen Landräubern aktive Hilfe und Vorschub geleistet zu haben.

Das Leben hat gezeigt, daß diese wahllos erhobenen Anschuldigungen unbegründet waren...“

(Aus dem Erlass des Präsidiums
des Obersten Sowjets der UdSSR vom 29. August 1964)

1969–1973

Über den Verfasser

Hugo (Gustavowitsch) Wormsbecher ist 1938 in der Autonomen Sozialistischen Sowjetrepublik der Wolga-Deutschen geboren. 1941 folgte die Verbannung nach Sibirien, wo er auch aufgewachsen ist. Dann der Militärdienst (Insel Russki, Stadt Wladiwostok, Kommandeur einer Radarstation). Er arbeitete als Dreher, Elektriker, in einer topographischen Expedition in den Halbwüsten Kasachstans, am Hiebsort im Alatau-Gebirge; er war als Lehrer, Mitarbeiter in den Redaktionen der Zeitungen „Freundschaft" (Zelinograd, heute Nur-Sultan) und „Neues Leben" (Moskau) tätig. Hugo Wormsbecher absolvierte die Moskauer Polygraphische Hochschule als diplomierter Redakteur.

Er ist Verfasser mehrerer Bücher, Novellen, Erzählungen, Drehbücher und zahlreicher Veröffentlichungen über Geschichte, Kultur, Literatur, aktuelle Probleme der Russlanddeutschen. Hugo Wormsbecher ist Mitglied des Journalistenverbandes der UdSSR seit 1969, Mitglied des Schriftstellerverbandes der UdSSR seit 1988.

Die Novelle „Unser Hof" (1969) ist das erste Werk in der Literatur der Russlanddeutschen über deren tragisches Schicksal nach der Deportation (Die Novelle war in der UdSSR 15 Jahre lang verboten). Die Novelle „Deinen Namen gibt der Sieg dir wieder" (1975) hat erstmals die Arbeit der Russlanddeutschen in den Arbeitsarmeen, den NKWD-Lagern thematisiert. 1980 initiierte er die Gründung des nach dem Krieg ersten Literatur- und gesellschaftlich-politischen Almanachs der Russlanddeutschen

„Heimatliche Weiten" und war dessen Redakteur. Er gab den russischsprachigen Sammelband der sowjetdeutschen Prosa „Vaterhaus» (1989), den Sammelband der verbotenen Protestpoesie „Die Glocken in der Erde" (1997), das Buch „Bildende Kunst der Russlanddeutschen" (1997) heraus.

Seit 1963 ist Hugo Wormsbecher mitten in der Bewegung der Russlanddeutschen für ihre Rehabilitierung. Er nahm an den ersten zwei Delegationen der Sowjetdeutschen nach Moskau 1965 sowie an den drei Delegationen im Jahr 1988 teil. Seit 1989 ist er vollständig in die Bewegung der Russlanddeutschen integriert: einer der Gründer der Gesellschaft „Wiedergeburt", des Verbandes der Deutschen der UdSSR (Internationaler Verband der Russlanddeutschen), der Föderalen Kulturautonomie der Russlanddeutschen, des Öffentlich-Staatlichen Fonds „Russlanddeutsche", des in der Geschichte der Russlanddeutschen ersten professionellen Kammermusik-Ensembles, der Gesellschaftlichen Akademie der Wissenschaften der Russlanddeutschen, des Projektes der Enzyklopädie der Russlanddeutschen.

Hugo Wormsbecher war Mitglied der Staatlichen Kommission der UdSSR für Probleme der Sowjetdeutschen, stellvertretender Vorsitzender des Organisationskomitees für die Vorbereitung des 1. Kongresses der Sowjetdeutschen, Mitglied der Russisch-Deutschen Regierungskommission für Wiederherstellung der Staatlichkeit der Russlanddeutschen, Mitglied des Expertenrates beim Komitee für Angelegenheiten der Nationen der russischen Staatsduma.

Hugo Wormsbecher leitet der Expertengruppe (Moskau-Berlin-Dortmund) für Angelegenheiten der Russlanddeutschen.

Er wohnt in Moskau.

Inhalt

Über Autor 5
1. Vatis Fußtapfen 7
2. Mutti... 33
3. Maria... 51
4. Arno 58
5. Nur eine dunkle Fahne über dem Wasser.......................... 62
Über den Verfasser 76

Hugo Wormsbecher

Unser Hof

Novelle

Lektorat: Tatiana Friesen
Zeichnungen: Swetlana Hinz
Buchdruckvorlage: Artem Scheller

Druck und Bindung:
Books on Demand GmbH, Norderstedt